ちっちゃい使徒とでっかい犬はのんびり異世界を旅します 2

えぞぎんぎつね

Illust
玖珂つかさ

CONTENTS

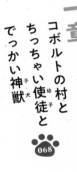

Chicchai Shito to Dekkai Inu wa Nonbiri Isekai wo Tabi Shimasu

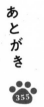

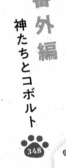

CHARACTER

ミナト

至高神の娘
サラキアの
使徒として転生し
五歳児になった。

タロ

ミナトの
愛犬で相棒。
転生し至高神の
神獣となった。

ピッピ

聖獣のフェニックスの幼鳥。
ファラルド王室の守護獣。

フルフル

聖獣のスライム。
王都ファラルドの下水道に
住んでいた。

アニエス

至高神の聖女。
呪いを払える数少ない人間。

ジルベルト

聖女パーティの
従者筆頭の剣士。
剣聖の孫。

サーニャ

聖女パーティの
弓使いのエルフ。
優れた狩人。

マルセル

聖女パーティの魔導師。
賢者の学院首席卒業で
実力は随一。

ヘクトル

聖女パーティの老騎士。
至高神の神殿騎士の幹部。

序章

王都を出立したちっちゃい使徒《幼子》とでっかい神獣《子犬》

ファラルド王国の王都を出立したミナトたちは、北の隣国に向かって歩き続けていた。

「わはははははは、まてまてー」

ちっちゃい使徒のミナトは元気に街道を走り回り、

「ばうばうばうばうばうばう」

おっきな犬のタロが、はち切れんばかりに尻尾を振ってミナトを追いかける。

「ぴぃ～」

聖獣である不死鳥ピッピも楽しそうにミナトの周りを飛び回り、

「ぴぎっぴぎっ！」

聖獣スライムであるフルフルが、プルプルしながらミナトの周りを飛び跳ねていた。

ミナトは五歳の可愛い男の子だが、転生者であり、女神サラキアの使徒なのだ。

使徒というのは、神の地上での代理人。とても大きな力を持っている。

サラキアから与えられた使命は、呪者と呼ばれる悪い奴から精霊や聖獣を助けること。

与えられた物は、サラキアの鞄や書、ナイフと服などの便利な神器。

与えられた能力は、契約した精霊や聖獣のスキルや力を獲得できるというもの。

「きょうそうだよ！」

「わふわふわふ！」「ぴぃ～～」「ぴぎぴぎっ」

ミナトは道に落ちていた枝を遠くに投げると、タロ、ピッピ、フルフルと一緒に追いかけた。

ミナトは狼の聖獣からもらった【走り続ける者Lv50】のスキルを持っている。

五歳でありながらフルマラソンを一日に二回ぐらい余裕で完走できるほど体力があるのだ。

「わふわふ！」

足の速いミナトよりもタロは速い。枝に真っ先にたどり着き、口に咥えてどや顔をする。

そして、ミナトに褒めてと巨大な体を押しつけにいく。

「やっぱりタロははやいねえ」「ぴ～」「ぴぎ」

ミナトとピッピ、フルフルに撫でられて、タロは嬉しくなって尻尾を振った。

タロは元々ミナトの愛犬だった。

不幸なことになり、ミナトと一緒に死んだ後、この世界に転生した。

転生した際、タロは女神サラキアの父である至高神の神獣になった。

至高神から与えられた使命はミナトを助けることと、この世界を楽しむこと。

与えられた能力は、ミナトを守れるおっきくて強い体。

タロの体高は百五十センチを優に超えており、馬よりも大きいぐらいだ。

国を亡ぼせるという古竜以上の能力を持っているが、歳はまだ三か月の子犬相当だ。

いっぱい遊びたいし、眠るのも好きだし、人に撫でられるのも好きだった。

そしてなにより、前世の頃からずっとミナトのことが大好きだった。


「いくよー」

「わふ～～」「ぴぴぃ～」「ぴぎっ」

飽きることなく、ミナトはまた枝を投げて、みんなで追いかける。

走っていたミナトが突然足を止める。

「あ、動いた！」

「わふ？」

ミナトが肩にかけた鞄の中にいる赤い幼竜に手を当てる。

その幼竜は古代竜の聖獣だ。

呪神の導師ドミニクに無理矢理支配され使役されていたところをミナトたちが助けたのだ。

それからずっと、何も食べず何も飲まずに眠ったままだ。

中型犬ぐらいのサイズの幼竜を、ミナトは服の中に大切に入れて出発した。

ミナトには熊の聖獣にもらった【剛力Lv45】のスキルがあるので重さは平気ではある。

だが、ミナトの服がはち切れんばかりにパンパンになってしまった。

これでは幼竜もせまかろう。

そう心配したジルベルトが丁度良い肩掛け鞄をくれたので、それに幼竜を入れることにしたのだ。

タロとピッピ、フルフルも足を止めて、鞄の中の幼竜を覗きにきた。

「ぴぃ～」「ぴぎ～?」

ピッピとフルフルは「寝てるんじゃないかな?」と言いながら、幼竜の様子を見つめている。

「やっぱり気のせいだったかも! いくよー!」

ミナトが走り出すと、タロたちも一斉に走り出した。

そんなミナトたちを、少し離れた位置から眺めていた剣士ジルベルトがぼそっと言った。

「子供たちは……ほんと元気だなぁ。これが若さって奴か」

「はぁはぁ……若いって、はぁはぁ……いいですね」

少し前までミナトたちに付き合って駆け回っていた聖女アニエスが、息を切らしながら言う。

「ジルベルトも聖女様も充分お若いでしょうに。それは私のセリフですぞ」

老神殿騎士ヘクトルが呆れたように言う。

ジルベルトは二十二歳、アニエスに至ってはまだ十七歳である。

六十二歳のヘクトルからみれば、二人とも若者だ。

「ミナトは特別な子供。体力も特別なのです」

二十七歳の灰色の賢者、マルセルがそう言うと、

「そだね。なんと言っても、下水道で私を撒いたぐらいだもの」

二十五歳のエルフの弓使いサーニャが、なぜかどや顔で言う。

下水道清掃に向かったミナトが心配で尾行したサーニャは、ミナトが速すぎて見失った。

サーニャは優れた狩人でもある。

そんなサーニャにとって、尾行対象を見失うというのは、とても衝撃的なできごとだった。

「なんで自慢げなんだよ」

「ミナトは撒いたりしていませんし、勝手にサーニャが迷子になっただけでしょう？」

そんなサーニャにジルベルトとマルセルが同時に突っ込んだ。

アニエスたち聖女パーティの歩く速度は遅くない。

むしろ一般的な旅人より、二倍近く速いぐらいだ。

だが、ミナトたちの方がはるかに速い。

行ったり来たりしながら、聖女たちの前を走り回っている。

「ミナト！　タロ様！　あまり離れるなよ！」

「わかった！」

「わふわふぅ～」

ミナトたちは普通の旅人よりは相当速く、そしてミナト基準ではゆっくり歩いていった。


王都を出立した日の夕暮れ前。

「む？」

はしゃぎ回っていたミナトが、ふと足を止めた。

「わふ～？」「ぴぃ？」「ぴぎ？」

タロは「どうしたの？」と言ってミナトを見る。

ミナトの肩に止まっていたピッピと、タロの頭の上に乗っていたフルフルは首を傾げた。

「どうした？　ミナト」

すぐに追いついたジルベルトが優しく尋ねた。

「なんか……こう……？　きになるけはいがする？」

「気になる気配か」

五歳児がそんなことを言っても、普通は気のせいだとあしらわれるのが普通だろう。

だが、サラキアの使徒であるミナトが気になると言ったら、何かあるかもしれない。

そう聖女一行の皆は思った。

「タロ様も気になるのか？」

「わふわふぅ？」

「タロは、あんまり？　って言ってる」

「そっか、タロ様は気にならないか」

至高神の神獣であるタロが気にならないなら、気のせいかもしれない。

そうジルベルトは思ったのだが、

「気になるなら、いってみよう。ね！」

サーニャが力強くそう言った。

以前、下水道でミナトを見失ってから、サーニャは彼に一目置いている。

いや、ミナトに一目置いているのは、聖女一行の全員がそうだ。

その中でも、特に一目置いているのがサーニャという意味である。

「ちょっとまってね？」

「もちろんいくらでも待つけれど、何をするのかしら？　見に行くなら一緒に……」

アニエスがそう話しかけるが、ミナトは目をつぶる。

「さくてきするから！　むむう～～～」

ミナトは雀の聖獣から貰った【索敵Lv42】のスキルを持っている。

その索敵能力は、超一流のベテラン斥候《スカウト》よりも高いぐらいだ。

「わぅぅぅ～～」

タロまで一緒にミナトの横で唸っている。

タロは基礎ステータスが異常に高く、魔力も膨大で魔法レベルも尋常じゃなく高い。

だが、索敵スキルは持っていない。

「わふふふ～～」

横で唸っても、索敵できるわけではないのだが、タロはミナトと一緒が良かったのだ。

「私も索敵してみましょう。風の精霊よ——」

若手最強の魔導師と名高いマルセルが、ミナトの横で索敵魔法を行使しようとしたが、

「あ、みつけた。あっちにいる」

詠唱が終わる前に、ミナトが見つけた。

「……どんまい」

アニエスがぼそっと言って、マルセルの肩を優しく叩いた。

「ミナト、それって危ない奴か？」

「危なくはないかも？　ちょっとまってね。ぬううー」

ミナトは踏ん張りながら、索敵スキルで気になった方向をじっと見る。

その方向は森だ。木々が生い茂っており、見通せない。

「さすがにミナトでも、この森では見通すことはできないのでは？」

ヘクトルが心配そうにそう言うが、

「ぬうう～～」

ミナトは唸りながら、じっと見続ける。

もちろん、ミナトはただ見ているわけではない。

ミナトは鷹の聖獣からもらった【鷹の目Lv75】のスキルを持っている。

気合いを入れると、はるか遠くまではっきり見ることができるのだ。

「ううう～」

タロも一緒に、唸りながらミナトと同じ方向をじっと見つめる。

タロは鷹の目のスキルを持っていないが、ステータスが非常に高い。

一般的に犬は目があまり良くないものだが、タロの目はとても良かった。

「わふ？」

「あ、タロにも見えた？」

「わーう！」

「何が見えたか教えてくれませんか？」

そう優しく尋ねたのはアニエスだ。

「えっとね、あの山の方に」「わわふ」

「え？　やま？」

アニエスは驚いて、ミナトの指さした方向を見る。

広大な森のはるか向こう。ここから十数㎞は離れた位置に低めの山がある。

「…………？」

灰色の賢者マルセルは、一瞬理解できなくて無言で首をかしげた。

魔法を使っても、あんな遠くまで索敵することはできないものだ。

ミナトは規格外だと理解していたが、あまりにも魔導師の常識に反している。

「……常識が壊れる」

「ねー。わかる、わかるよ」

サーニャがうんうん頷いて、マルセルの肩をポンポンと叩いた。

「私もエルフと狩人の常識を壊されたよ」

そう言ったサーニャはどこか遠い目をしていた。

「あの山ですか？　私には全然見えないのですけど……」

「えっとね、あの山を少しのぼったところへんに、困ってる人がいる。仲間だよ」

「わぁふ！」

「そだね、たすけにいこう！」

ミナトとタロがそう言ったので、皆で助けに行くことになった。

一章
コボルトの少年とちっちゃい使徒《幼子》とでっかい神獣《子犬》

「わふわふ〜〜」

タロの背にアニエス、ヘクトル、マルセルが、タロの頭にフルフルが乗り森の中を駆けていく。

木々が凄い速さで後ろに流れていった。

「うわあ――――！　すごいすごい！　タロ様、速いです！　きゃー、すごい！」

先頭に乗ったアニエスは、タロの首の毛を両手でがしっと摑んではしゃいでいた。

「わふ？」

「タロがかっこいい？　だって」

そんなタロに難なく並走しながら、ミナトがタロの言葉を通訳する。

「タロ様、かっこいいです！」

「わふ〜〜！」

嬉しくなったタロは、走りながら尻尾を振った。

アニエスの後ろに乗るヘクトルは恐縮しきりだ。

「私は、何と畏れ多いことを……」

至高神の神獣であるタロは、至高神の信者である神殿騎士のヘクトルにとって崇拝の対象なのだ。

「わふわふ～～」

「タロは、背中にのってくれてうれしいって」

「もったいなきお言葉……。タロ様、痛くありませぬか？」

ヘクトルもアニエスと同様にタロの背中の毛を力一杯がっしり摑んでいるのだ。

「わふ～」

「いたくない、もっとつよくていいよだって」

「なんと！　タロ様はお強い」

「わふわふ」

ヘクトルに褒められて、タロは嬉しそうに尻尾を振った。

そして、ヘクトルに後ろから抱きついているマルセルは、目をつぶって悲鳴を上げていた。

「ひぃぅ。はやぃぃぃぃ」

もちろん、タロは全力で走ってはいない。

タロが全速力で走れば、ミナトだってついていけないぐらい速かった。

ミナトのステータスはタロよりもはるかに低い。

ミナトの敏捷は352だが、タロの敏捷は6830もあった。

もっとも、ミナトの敏捷352も尋常ではない高さではある。

そんなミナトが、全力ではないとはいえ、タロについて行けるのはスキルのお陰だ。

狼の聖獣から貰った【走り続ける者Lv50】の効果も大きかった。

タロにとっては、ジョギング程度の速さでも、ジルベルトとサーニャにとってはそうではない。

「速すぎるぞ。少し速度を緩めてくれ！」

「タロ様、速すぎるよ！」

必死の形相でジルベルトとサーニャが叫ぶ。

タロは大きいが、四人も五人も乗せられるほどではなかった。

だから、ジルベルトとサーニャは並走することにしたのだ。

「わふわふ」

「タロがわかっただって！」

タロはさらに速度を落とす。それでもタロは充分速かった。

「ぴぃ～」

「うん、あっちの方だから、ピッピは先に見に行ってて」

「ぴぴ！」

ピッピに先行してもらい、ミナトたちは三十分近く森の中を走り続けた。

時速は二十キロ近い。それは長距離の陸上選手よりは遅い。

だが、ジルベルトたちは装備を身につけていて、しかも森の中を走っている。

疲れ果てるのは当然だった。

ジルベルトとサーニャが汗だくになり、息も切れ切れになった頃、

「あ、いた！」

ミナトは、困っている人を見つけた。

五十メートルほど離れた大きな木の根元、木の葉に埋もれてうつ伏せに倒れている。

「……え？　どこだ？　ちょっと、アニエス、はぁはぁ、……全部……任せる」

「ぜえぜえ……ついたの？」

タロに合わせて走ってきたジルベルトとサーニャには余裕はなかった。

「タロ、少し待っててね」

「わふ！」

タロは可愛いが、とても大きいので、ごく稀に怖がる人がいるかもしれない。

だから、大きなタロが、倒れている人を怯えさせたら困るとミナトは考えたのだ。

タロは「がんばって！」と力強く吠えた。

「ありがと」

ミナトはタロにお礼を言ってから、倒れている人へと近づいていった。

「ぴぎ」「ぴぃ～」

フルフルとピッピが「ミナトのことはまかせて！」と言って、ミナトの後ろをついていく。

「ま、待ってください」

アニエスとヘクトル、マルセル、そして疲労困憊のジルベルトとサーニャも続く。

さらにその後ろを、ゆっくりタロは付いていった。

「あっ、少しだけ呪われてる」

「ミナト、呪者か？」

歩きながら息を整え、水を飲んでいたジルベルトが腰の剣に手を添える。

「気づきませんでした。確かに呪いの気配です」

「私も気づきませなんだ」

聖女アニエスと神殿騎士ヘクトルも気づかなかったぐらいかすかな気配だ。

「呪者じゃないよ。……これはたぶん、呪者と戦ったんだよ」

死んでないということは、撃退したのだろう。

だが、無事では済まずに呪われたのだ。

「……助けないと」

ミナトは倒れている人に走って近づいていく。

距離が近くなると、アニエスにもその人の様子がはっきりとわかるようになった。

身長はミナトと大して変わらない。

ボロボロな、膝下まであるフード付きのローブを身につけている。

履いている革靴もボロボロだ。腰に鞘を差していて、近くに刃こぼれのひどい剣が転がっていた。

そして、近くには、何かが一杯に入った汚れた布袋が落ちている。

「すぐに解呪するね。えいっ」

かすかな呪いなど、ミナトにかかれば一瞬だ。

ほとんど魔力は使っていない。ただ触れるだけで、呪いは綺麗に消えた。

「……本当に、なんと言えばいいのかわからないけど、鮮やかな解呪です」

「本当に。あれだけのことをするのに、並の神官では一日仕事でしょうな」

ミナトの解呪の鮮やかさに、アニエスとヘクトルが感嘆の声をあげる。

一方ミナトは、気にせずその人に話しかける。

「だいじょうぶ？」

「………み、みずがほしいです」

その人は、うつ伏せのままぼそっと言った。

「わかった！」

ミナトはその人を仰向けにすると、

「ゆっくり飲んでね？」

サラキアの鞄から水筒を取り出して、その人に飲ませる。

「うぐうぐうぐ」

その人は水を一生懸命飲んでいる。その人はまるで犬だった。まさに服を着た犬だ。

だが普通の犬に比べると手の指が長い。

「コボルトですね」

その人を見たアニエスがぼそっと言った。

「コボルトってなに？」

ミナトはサラキアの書でコボルトという言葉を見たことがある。

たしか、ミナトとタロが送り込まれた場所は、元々コボルトの村があったという話だった。

だが、サラキアが知らない間にコボルトたちはいなくなっていたのだ。

だからミナトはコボルトに会ったことがなかったし、コボルトについての知識もなかった。

「えっと、コボルトとは犬型獣人です。背は低く力は弱いのですが、敏捷で手先が器用なんです」

「へー、そうなんだ」

「コボルトは全体的に小さいですが、この身長は子供ですね」

そんなことをミナトとアニエスが話している間も、コボルトは水を飲み続けている。

コボルトは水を飲み終わると、ぶはっと息を吐いて、体を起こし、

「こ、子供じゃないです！」

と叫ぶように言った。

「あ、ごめんなさい」

「あ、こちらこそごめんです。助けてもらったのに。まずはありがとうです」

コボルトはアニエスに謝った後、ミナトの目を見つめる。

そして正座の姿勢になり、両手を前について、頭を深々と地面近くまで下げた。

「危ないところを助けていただき、ありがとうです。このご恩は一生忘れないです」

「気にしないで。お腹空いてない？　何か食べる？」

「いえ、そんな！　そこまでお世話になるわけにはいかないです」

そう言っている途中で「ぐうぅぅぅぅ」とお腹がなった。

「遠慮しないで！」

「ああ、そうだな。そろそろ日も暮れるし、折角だしここで泊まっていくか」

「それがいいわ。うん、それがいい。テントを張るのに丁度良いスペースもあるし」

タロを追いかけて走ったせいで、疲れ果てたジルベルトとサーニャが、そんなことを言う。

早速テントを張り始めて、宿泊の準備にとりかかった。

そのテントは、ミナトがこれまで見たことがないぐらい大きかった。

「すぐに夜ご飯を準備しますね。一緒に食べましょう？」

アニエスに優しくそう言われても、コボルトは遠慮する。

「そんな、助けてもらったうえに、食事までいただ――」

遠慮の言葉の途中でミナトの後方を見てコボルトは固まった。

「どしたの？」

ミナトが、背後を振り返ると、タロが十メートル後ろにいた。

ミナトに少し待っててと言われたタロだが、気になって仕方なかったのだ。

だから、じわじわと気づかれないように近づいてきていた。

「タロがこわい？　タロはこわくないよ？　優しくていいこだからね」

「わふ～」

いい子だとアピールするためにタロは地面に伏せて、ベロベロ自分の鼻を舐めた。

コボルトはそんなタロをじっと見つめて、

「……神様？」

「わふ？」

真剣な表情で呟いた。

「神様です？」

コボルトはよろよろと立ち上がると、タロに向かって近づいていく。

「タロは神様じゃないよ？」

ミナトがそう言っても、コボルトはタロを神様だと信じ切っていた。

「……タロ神様」

コボルトはお座りするタロの足元に土下座する形で平伏し、

「タロ神様、来てくれてありがとうです」

お礼の言葉を述べる。

「タロ神様、どうか、みんなを助けてほしいのです」

土下座の格好のままタロにお願いする。

それを聞いて、アニエスとヘクトルは顔を見合わせた。

「呪われた人が倒れていた時点でも思ったけど、ほんとに困ってる人がいたんだね」

サーニャがそう言うのも無理はない。

ミナトは何キロも向こうにいた、困っている人を見つけたのだ。普通ではない。

「ミナトが困ってる人がいるって言ったんだ。そりゃいるだろ」

テントの準備を淡々と進めながらジルベルトがそう言って、

「コボルトの村が見舞われやすいトラブルといえば……」

マルセルはボソボソ呟きながら一人考え込みはじめた。

そして、タロはコボルトの匂いを嗅いだ。

「わふ～わふ？　わふわふ。わ～ふ？」

「タロがどうしたの？　だって。顔をみせて。おなまえ教えて？　だって」

ミナトがタロの言葉を通訳すると、コボルトはハッとして顔を上げる。

「こ、これは名乗らず失礼をしたです。僕はコリンというです」

「わふわふ」

「この大きくて可愛い犬はタロだよ！　それで僕はミナト！　そしてピッピとフルフル！」

「ぴ～」「ぴぎぴぎっ」

ミナトがタロと聖獣たちのことを紹介すると、

「私はアニエスです。教会で神官をしています。よろしくおねがいします」

アニエスは自己紹介した後、聖女一行の者たちを紹介した。

だが、アニエスは聖女と名乗らなかった。目立ちすぎるし、恐縮させかねないからだ。

当然、ジルベルトが剣聖の孫で伯爵家の跡継ぎだとも教えなかった。

「よ、よろしくお願いするです」

自己紹介の間も、ジルベルトとサーニャ、マルセルは野営の準備を進めている。

ヘクトルは火をおこして食事を作る準備をしていた。

「わふ～？」

「それで、コリンは何に困ってるの？　ってタロが聞いてるよ」

「実は……村に病気が流行っているです」

「大変だ」「わふ！」

今、コボルトの村は疫病によって存亡の危機に陥っているという。

「村には何人のコボルトがいるのですかな？」

火をおこしながら、ヘクトルが尋ねる。

「えっと、僕を入れて三十人です」

「三十人。ふむ。そのうち病人は？」

「二十人です。二日たったから、もっと増えているかもです」

ヘクトルは無言でアニエスを見る。するとアニエスも黙って頷いた。

「タロ神様、助けてほしいのです」

「わふ～？」

タロは「僕は病気を治せないけど……ミナトできる？」とミナトに尋ねる。

「僕も病気の治療はやったことないかも。アニエスはできる？」

「病気にもよりますが、ほとんどの病気なら治癒魔法が効きますよ」

「すごい！」

「ミナトなら、どんな病気の治療もきっとできますよ」

「ほんと？　今度やってみる！」

それを聞いたコリンは、ミナトのことを神官の見習いなのだと思った。

きっと、アニエスから指導を受けている幼い子供なのだとしか思えなかった。

コリンがそんなことを考えて、アニエスをじっと見つめていると、

「治せると約束はできませんが、診察しにいきましょう」

「あ、ありがとうです！　お金はほとんどないですが、一生かけてお礼を――」

「お礼は気にしないでください」

そう言って、アニエスは、まさに聖女のような笑みを浮かべる。

「ちなみに、村はどの辺りなのですか？」

ヘクトルが尋ねると、コリンは少し考えて、北にある山を指さした。

「あの山を越えた向こうにあるのです。歩いて……二日ぐらい？　です」

「一人で来たんですか？」

「はいです。病気に効く薬草を集めて……」

「まあ、薬草を？　コリンは偉いですね」

アニエスに褒められたというのに、コリンは辛そうな表情を浮かべた。

「偉くなんか、……ないです。僕は臆病なだけです」

その様子を見て、アニエスたちは顔を見合わせた。

きっと、何か事情があるのだろう。

「コ――」

「マルセル」

コリンに事情を聞こうとしたマルセルをアニエスは止めた。

辛そうにしているコリンから、今事情を聞きだしたら泣き出してしまう。

そうアニエスは考えたのだ。

事情を聞くのは、もう少し仲良くなって、落ち着いてからでいい。

「ひとりで二日も歩いてきたんだね、すごいね！」「わふ～わふ！」

「ああ、すごいが危ないぞ？」

ジルベルトの言う通り、子供が一人で二日かけて山を歩くなど危なすぎる。

それをしなければならないほど、村は大変な状況に違いない。

「今から村に戻るのは、さすがに無理ですな」

ヘクトルが皆の様子を眺めて言う。

ジルベルトとサーニャは疲労困憊だし、コリンもお腹を空かせて疲れ果てている。

そのうえこれから夜になるのだ。

それにミナトとタロは強いとはいえ、まだ子供。夜は眠るべきだ。

「明日は日の出と共に出発したほうがいいわね。アニエス、どうする？」

テントを設営し終えたサーニャが尋ねると、

「そうですね、それがいいでしょう。ミナトとタロ様はそれでいいですか？」

「それでいい！」「わふ！」

今日はこの場で野営し、明日の早朝、コボルトの村に向けて出立することになった。


夕食の準備をしていたヘクトルがコリンに尋ねる。

「コリンさん、肉はお好きですかな？」

「好きですけど……」

「ならよかった。今日は肉料理ですぞ」

ヘクトルは鉄のフライパンを魔法の鞄から取り出して、火にかける。

そして、豚ロース肉の塊を取り出して厚めにスライスしていく。

聖女パーティは、魔法の鞄を持っている。

魔法の鞄とは、見た目以上に容量が大きく、重たい物を入れても重くならない便利な魔道具だ。

しかも、食べ物は中に入れておくと、腐らない。

「ゴクリ」

周囲が静かなので、コリンの唾を飲み込む音が響いた。

「でも！　やっぱりご飯までいただくのはもうしわけないです」

「気にしないでください。みんなで食べた方が美味しいですから」

アニエスがそう言うと、

「コリン、あんパン食べる？」「わふわふ！」

「あん……パン？」

「えっとね、甘くて美味しいパンなんだよ。中にあんこが入っていてー」「わふ！」

ミナトは説明しながらサラキアの鞄からあんパンを取り出す。

サラキアの鞄はサラキアからミナトが貰った神器である。

機能は魔法の鞄の完全な上位互換。魔法の鞄の比ではないほど容量が大きい。

「はい。食べて！」「わふぅ！」

ミナトに笑顔で差し出されて、タロにも期待のこもった目で見つめられ、

「あ、ありがとうです」

コリンはあんパンを思わず受け取り、

「早く食べて」「わふわふ」

「は、はいです」

あんパンをパクリと口にした。

「………………」

「どう？」「わふ？」

「お、おいしいです！　パンがふんわりしていて、あんこ？　が、しっとりしていて」

「でしょー」「わふ〜」

「甘いですけど、くどくなくて、パンの甘さとあんこの甘さがしっかりと合わさって……」

コリンの尻尾がバサバサと勢いよく振られている。

「甘くて、幸せな味です。こんな美味しいもの食べたことないです！」

コリンが初めて笑顔を見せた。

「えへへー」「わふふ〜」

コリンに大好きなあんパンを褒められて、ミナトもタロも嬉しかった。

「あんパンもいいですが、料理もあるゆえ、食べ過ぎないでくだされ」

「はーい」「わふ〜」

ヘクトルは手際よく料理していく。

厚めにスライスして筋切りしたロース肉に小麦粉をまぶしたあと、フライパンで焼いていく。

焼きながら、ケチャップとソースに砂糖やお酒を混ぜて、手際よくソースを作っていった。

「今日はポークチャップステーキですぞ」

「うわあ、おいしそう！　食べたことない！」

「わふわふ！」

ミナトが喜び、タロが尻尾をぶんぶんと振る。

そして、コリンは再びゴクリと唾を飲み込んだ。

「ニンニクとか玉ねぎを入れても美味しいのですが、タロ様も食べますからな」

「わふ？」

「タロは大丈夫だって言っているよ？」

犬にとってニンニクや玉ねぎは毒となる。

もっとも、タロはただの犬ではない。人が食べられる物なら何でも食べられる。

「でも、タロ様はニンニクも玉ねぎもあまり好まないのではないですかな？」

「わふ～」

「それはそう、だって」

だが、食べられることと、好んで食べることは違うのだ。

「コリンさんはどうですかな？」

「僕も食べられますが、苦手です」

「やはり」

ヘクトルはうんうんと頷く。

「タロ様はルコラの実を食べるだろ？　普通の犬はああいうのも好きじゃないんだぞ」

ジルベルトがそんなことを言う。

ルコラの実とはレモンのように酸っぱくて栄養のある木の実だ。

確かにタロは、アニエスたちに出会う前、ミナトと一緒にルコラの実を好んで食べていた。

「わふ？」

「ルコラの実は美味しいって」

「変わってるなぁ。コリンはどうだ？」

「ルコラの実は……苦手です」

「やっぱり？」

普通はそうだよなと、ジルベルトは思った。

会話している間に、ポークチャップステーキが完成する。

「タロ様には少ないですが、ご容赦くだされ」

タロの巨体に見合う量を作るとなると、数時間かかる。

豚肉だけで、タロは五キロぐらい食べるだろう。

それだけの量ともなると、火を通すのも大変だし、材料を運ぶのも大変だ。

だから、タロは二人前ぐらいの量を食べることになっている。

「わふ～」

「タロが、じゅうぶんだよ！　だって」

タロは神獣なので、普通の犬とは違う。

それゆえ、沢山食べることもできるが、別に食べなくても大丈夫なのだ。

普通の大型犬と同じぐらいの量を食べていたら、お腹も減らないらしい。

ヘクトルは最初に子供であるミナト、タロ、そしてコリンにポークチョップステーキを配った。

「どうぞ、食べてくだされ」

「ありがと！」「わふ！」

「ぼ、僕はお食事までいただくわけには……」

まだ遠慮するコリンに、ジルベルトが、

「子供が遠慮するな。それに明日案内してもらうのに、空腹だと倒れるぞ！」

「こ、子供じゃないです」

「そうか。子供じゃないか。じゃあ食べろ」

なにが「じゃあ」なのかわからないが、ジルベルトの言葉には有無を言わさぬ力があった。

「いただきます。ありがとうです」

そしてコリンはポークチョップステーキを口にした。

「お、おいしい！　すごく軟らかくて、豚肉の味が濃厚で、肉汁があふれてきて……」

コリンの尻尾がぶんぶんと揺れる。

「お口に合って、よかったですぞ」

「ヘクトルさん、美味しいです、脂身もさっぱりしていて、トマトの風味がフルーティな感じで」

感動したコリンの絶賛で、ヘクトルも嬉しそうだ。

「おいしいねー。すごくおいしいねー」

「わふ～」

一方、食事を評価する語彙が少ないミナトとタロは美味しいを繰り返した。

タロの尻尾もコリンに負けじと、勢いよく揺れている。

「はい、ピッピとフルフルも食べて。美味しいよ！」

「ぴぃ〜」「ぴぎっ」

実はミナトのお皿には大人の一・五人前ぐらいの量が入っている。

ミナトも五歳児にしてはたくさん食べる。それは運動量が多いからだ。

だが、ミナトのお皿に入っているご飯は、ミナト一人だけで食べるわけではない。

ピッピとフルフルの分も入っている。

昨日、突然フルフルがミナトに食べさせてとおねだりした。

それをみたピッピもミナトに食べさせてもらいたがったのだ。

きっと、フルフルはリッキーことリチャード王と離れることが寂しかったのだろう。

そして、ピッピは父のパッパと離れることが寂しかった。

だから、ピッピとフルフルはミナトに甘えて食べさせてもらいたがっているのだ。

「ぴぃ〜〜」

ピッピの口に、ミナトがステーキの欠片を入れると、ピッピはミナトに体を押しつける。

「ぴぎっ」

フルフルはほとんど食べない。

ほんの少しだけ、指先程度のステーキをミナトに食べさせてもらって満足した。

満足するとフルフルは、ミナトのひざの上でプルプルするのだ。

「いい匂いで、おきないかな？」

そう言って、ミナトは鞄の中で眠っている幼竜の鼻先にステーキを持っていく。

「やっぱり起きないか～。一緒にご飯を食べられたらいいのに」

幼竜は大変な目にあった。

だから幼竜は疲れが癒えるまで、いつまでも眠っていていいとミナトは思う。

だけど、一緒に遊びたいし、美味しい物を一緒に食べたい。

そういう気持ちもあるのだ。

「わふわふ」

タロも幼竜のことをペロペロ舐める。

「あの、その鞄の中にいる子はいったいなんなのです？」

「えっとね、竜のあかちゃん」

「り、竜!?」

コリンがびっくりして、固まった。

竜など普通の人は見たことがないので、驚くのも無理はなかった。

「この子がおきたら、いっしょにあそぼうね！」

「は、はい。こちらこそよろしくです」

子供たちが食べている間も、ヘクトルはステーキを焼き続ける。

大人たちにもステーキが行き渡り、和やかに食事が進む。

「ふんふんふん」

早めに食事を食べ終えたタロが、コリンの匂いを嗅ぎに行く。

「タ、タロ神様、ステーキ食べるですか？」

ステーキを要求されたと誤解したコリンが大事に食べていたステーキを差し出す。

「わふ！　わぁふ！」

「タロが、そんなことしないって」

「そ、そですか」

コリンはあからさまにほっとした様子を見せた。

余程お腹が空いていたのだろう。

「コリンは、ここまで何を食べてきたの？」

そう尋ねたのは弓使いのサーニャだ。

二日も歩き続けたのなら、弁当も余程日持ちする食べ物を詰めないと腐ってしまう。

「私だったら弓で狩りを続けながら活動できるけど、剣だと大変でしょ？」

「はい。狩りは難しいので、どんぐりを拾って食べながら来たです」

「……どんぐり？」

ジルベルトが驚いて繰り返す。

「はい。美味しくないし、渋いですけど……食べるです」

どんぐりはそのままだととても渋い。

普通に食べるには、一日かけてあく抜きする必要がある。

そして、そこまでしてもすごく美味しいというわけでもない。

「そういえば、この辺りには夏どんぐりが生えていますね。あの木とかそうですよ」

博識のマルセルが近くにある大きな木を指さして言う。

「夏どんぐりって美味しいの？」

ミナトが尋ねると、

「ぴぴ～」

ピッピが夏どんぐりの木まで飛んで、どんぐりを採ってクチバシに咥えて戻ってくる。

「ぴっ」

ピッピはミナトとタロに夏どんぐりを渡す。

「ありがと！　皮を剝いてたべるの？」「わふわふ」

「そうですが、美味しくないですよ。秋に生る一般的などんぐりよりアクが強いので」

「そっかー」「わふ～」

ミナトは皮をむいて、タロはそのままパクリと食べた。

「ぐううう」「わふううう」

そして、ミナトとタロはあまりの渋さに顔をしかめた。

「すごい味がした」「わふわふ」

「おいしくないです。でも、他に食べ物がないですよ」

そう言って、コリンは微笑む。

コリンが美味しくない物を食べざるを得なかったことを知って、ミナトとタロは悲しくなった。

「がんばったね」「わふわふ」

ミナトはステーキを置いて、コリンの頭を優しく撫で、タロはコリンの顔をベロベロ舐めた。

「うぇ？　え、大丈夫です。ミナト、タロ神様、ありがとです」

少し泣きそうな顔になった後、コリンは無理に笑った。

そんな様子を見ながら、ジルベルトはコリンに尋ねる。

「村には干し肉みたいな保存食の類いはなかったのか？」

「実は、病気が流行る前から作物が不作で、だから栄養があるものは病気の人にあげるですよ」

そう言うと、コリンは食べていたポークチャップステーキをじっと見る。

コリンはポークチャップステーキを村に持ち帰る方法を考えているのだろう。

「大丈夫ですぞ。それはコリンが食べてくだされ」

「そうそう。食料なら分けてあげられますからね。三十人程度なら大丈夫」

そう言って、アニエスが微笑むと、

「いいんですか？　そんな……」

「ええ、百人とか二百人とかになると無理ですけどね」

「ありがとうです」

コリンは泣きそうなまま、ほほ笑んだ。

食事で笑顔になったが、残してきた村人のことを思い出したのだろう。

コリンの表情が、また暗くなった。

「わふ～？」

「タロが、それが薬草なの？　だって」

ミナトはコリンが倒れていたときに持っていた汚れた袋を指さした。

「そうです。この袋に採取した薬草を入れているです」

コリンは中身を見せてくれる。

「この薬草でみんなの病気を治すです」

コリンは一生懸命薬草を採取しながら、ここまで来たのだ。

「夢中で集めてたら、ヘドロみたいなのに襲われて……死にかけたです」

「呪者だな。コリン、よく勝てたな」

「はい。僕は勇者なので、普通のコボルトより強いですよ」

「勇者？」

「はい、コボルトの勇者です」

そう言ったコリンはさみしそうな顔で、恥ずかしそうにしていた。

「勇者ってなに？」

ミナトが尋ねると、

「神様に力を与えられたコボルトです。悪い奴を倒す力があるです」

そう言った後「まだ、弱いですけど……」と呟いた。

「ほう。それはすごい」

ジルベルトは本心からそう言った。

神に力を与えられたならば、勇者というのは聖人聖女の一種である。

聖人聖女とは、神に力を与えられた特別な人間を指す言葉なのだ。

「僕はすごく、ないです……う、ぅぅ」

ずっと泣きそうな表情だったコリンが泣きだした。

ぼろぼろ涙をこぼし、しゃくりあげる。

「僕は勇者なのに、臆病で、みんなを助けることもできず、ここに逃げてきたです」

そんなコリンをミナトはぎゅっと抱きしめた。

そしてタロは優しく寄り添って、コリンを舐める。


コリンが泣き止み、落ち着くのを待って、ジルベルトが優しく尋ねる。

「なにがあったんだ？　良かったら教えてくれ」

「実は……」

コリンはゆっくりと語り始めた。

◇◇◇◇

ひと月前。病気が流行する前のコボルトの村に謎の人物がやってきた。

その者は深くフードをかぶり、鳥のくちばしを模したペストマスクをつけていた。

顔も見えず、種族も男か女かもわからない。身長が高いということしかわからなかった。

だが、人懐こくて親切なコボルトの村人たちはその者の周りに集まった。

「あの、わが村にどういったご用件ですかな？」

村長が代表して尋ねると、その者はゆっくりと村を見回して言う。

「……近隣の山から病魔がやってくる恐れがある」

その声は男にしては高く、女にしては低かった。

だが、よく通る心地のよい声だ。

「なんと！　ど、どうすれば！」

「大丈夫だ。病を防ぐために私が来たのだから。まず効果的な薬草だが……」

その者は薬草についてと、それを薬にする方法を教えてくれた。

「このあたりには少ないが、向こうの山には生えている」

「今から集めて――」

「それでは意味がない。一週間しか持たぬのだ。病が流行ってから集めるしかない」

「なんと……。ですが、効果のある薬がわかっただけでも助かりますぞ！」

コボルトたちは素直に信じて、お礼を言って頭を下げる。

「………むむ！」

その時突然、その者が大きな声を上げた。

「この村は幸運だ」

「どういうことでしょう？」

困惑する村人たちに、その者は大きな声で宣言する。

「この村には勇者がいる」

「勇者？」

「ああ。そこの少年」

「僕です？」

指さされたコリンが前に出ると、その者は大きくうなずいた。

「そなたは神に選ばれし勇者だ」

「え？　僕が……勇者？」

コボルトの勇者の存在は、昔から村に言い伝えられている。

神に力を与えられ、神に仕える勇気があるコボルトのことだ。

「ああ、病は熊が媒介する。勇者が熊を殺せば、病が蔓延するのを防ぐことができるであろう」

それを聞いて、コボルトたちは慌てる。

「そんな！　熊を殺すなんてできませせぬ！」

「ああ、熊は大きく、強いのですぞ」

「だが、熊を殺さねば病は防げぬ」

はっきりとそう言うと、その者はコリンをじっと見た。

「勇者。そなたが勇気をだし、熊を殺せば村は救われるであろう。これは預言だ」

「……あなたは至高神様の預言者様なのです？」

「……………」

その者は肯定も否定もせずただ沈黙をもって答えた。

だが、コボルトたちは至高神の預言者なのだと信じた。

なぜなら、コボルトの勇者の存在を教えてくれて、村が助かる道を示してくれたのだから。

「勇者よ。我が言葉をゆめゆめ忘れるな。村を救えるかどうかはそなたの手にかかっている」

そう言うと、その者は宙に何かを撒いた。それはキラキラしていて、とても美しかった。

コボルトたちがそれに目を取られている間に、その者はいつのまにか消えていた。


その日からコリンはずっと悩んでいた。

熊を殺すなんてできない。身長はコリンの二倍以上あるし、体重は何倍あるかわからない。

だが、熊を殺さなければみな病気になってしまう。

「コリン、熊を殺すなんて無理なのだ。けして熊を倒そうなどと思ってはいけないよ」

「いえ、村長。僕は勇者なのですから……倒すですよ」

口ではそう言って、毎日村の外に出て、熊を遠目に見て、コリンは震えていた。
熊が大きな腕を振るえば、小さな自分などひとたまりもない。
それがはっきりわかるのだ。
「……僕は勇者なんかじゃないです」
こんなに臆病なのだから。
コリンは熊を倒せず、ただ時間だけが過ぎていった。

謎の人物が訪れてから三週間後、最初の病人が出た。
それから急激に病人は増えていった。
ミナトたちと出会う三日前、三十人の村人のうち二十人が病気になった。
「……ごめんなさいです」
病気の村人を見ていることができず、コリンは逃げるように薬草を集めた。
そして、二日歩き続けて、呪者に襲われなんとか撃退したものの、倒れたのだ。

◇◇◇◇

語り終わったコリンになんて声をかけるべきだろうか。
大人たちは少し考えて、数秒、無言になった。

コリンは子供なのだ。そもそも、村を救う責任など負うべきではない。

どんな子供も救われるべき存在なのだから。

それに、コリンの実力では熊に勝てるわけがない。

それは熟練の戦士であるジルベルトたちには、はっきりとわかった。

黙っている大人たちの一方、ミナトは「ふわあ」と声をあげた。

「コリン、すごいねえ」

「……すごくないです」

「一人でここまでくるのはすごいよー」「わふわふ」

「……逃げただけです」

「そっかー。それでもすごいよ」

「わふ」

「タロもえらいって言ってるよ？」

「……ありがとです」

コリンは涙をぬぐって、無理に笑った。

「ねえねえ、コリン。神様ってどんな神様？」

コリンを勇者に任命した神が誰なのか、ミナトは気になったのだ。

「コボルト神様だと思うです。タロ神様がぼくを勇者にしたですか？」

「わふ〜」

「タロじゃないって」

「むむ〜」

タロをコボルト神だと信じているコリンは納得していないようだった。

「コボルト神様ってどんな神様？」

「コボルトの神様です。えっと、伝説があって」

コボルトたちが窮地に陥ったとき、巨大な犬の神様がやってきて助けてくれるという伝説だ。

「なるほど。確かにタロ様はその神様っぽいですな。神々しいですし」

ヘクトルがそう言って頷いた。

「でも、タロは別に神様じゃないよ？　神獣だけど」

「神獣？　預言者の動物版みたいなものです？」

「うーん。どうだろ？　マルセル、預言者ってなに？」

ミナトは気になっていたことをついでに尋ねる。

「預言者は聖者の一種ですよ。歴史上でも、非常に珍しい存在ですけどね」

「そっかー。コリンが勇者だと教えてくれたのはコボルト神の預言者なのかな？」

「……コリン、その薬草もその人に教えてもらったのよね？」

アニエスは険しい顔で言う。

「はい。僕が臆病だから、熊と戦わなくても助けられる方法を教えてくれたのかもです」

そう言って、コリンは涙をぬぐって、無理に笑う。

そんなコリンに、マルセルが、

「ですが、その薬草は――」

そう言いかけたのを、アニエスは止めて、

「頑張りましたね」

と優しく言った。

アニエスとマルセルはその薬草を見て、すぐに薬効がほとんど無い種であることを見抜いた。

採取したばかりでも効果は少ないというのに、時間が経ってさらに薬効は落ちている。

これを持ち帰って煎じて飲ませても、雑草を煎じて飲ませるのと大差ないだろう。

「これで、みんなが元気になれば良いのですけど」

そう言ったコリンは真剣な表情だった。

「えらいねー」「わふわふ～」

そんなコリンをミナトとタロは褒めた。

ミナトは頭を撫で、タロはベロベロと顔を舐めた。

「きっと、神は、コリンの勇気ある振る舞いを見ていますよ」

知識も技術も無いが、村のみんなのためにコリンは一人でここまで来たのだ。

それは愚かかもしれないが、勇気ある行動だ。

熊に戦いを挑めなかったとしても、勇者にふさわしい行動だと言えるだろう。

薬草は役に立たないだろうが、褒められるべきことだ。

そんなコリンをみんなで褒めて、食事は和やかに進んだ。


夜ご飯を食べ終わると、コリンはうとうとし始めた。

二日間、飲食と寝る間を惜しんで、薬草を採取し続けてきたのだ。

お腹がいっぱいになったら、眠くなるのは当然だ。

「テントの中で寝るといいぞ」

「……そん……な、わるいです」

「遠慮するな。あ、ミナト、コリンを綺麗にしてやってくれ」

「わかった！　まかせて！」

ミナトは温かい水球でコリンの首から下を包む。

するとたちまち水は汚れていく。

「ちゃ――」

ミナトは温かい水を出し続け、土や泥、ダニやシラミなども混じった水と交換していく。

「え？　ふぁ？　なにがおきてるです？」

混乱するコリンに、

「体をきれいにしているんだよ～。あ、コリン、十秒だけ息をとめて目をつぶって」

「はいです」

コリンは素直に目をつぶって息を止めた。

すると、温かい水がコリンの全身を包む。

「ぷはっ」

「これできれいになったよ！」

ミナトが使ったのは、湖の大精霊メルデから教えてもらった魔法だ。

温かい水の塊が、コリンから離れたときには、

「服も綺麗になってるし、もう乾いているです」

「ミナトは水を自在に操作できるので、乾かすのも濡らすのも自在なんですよ」

マルセルがどこか自慢げにコリンに説明する。

「ミナトさん、すごいです」

「どうでした？　不快ではありませんでしたか？」

アニエスが心配そうに尋ねる。

犬には濡れるのが嫌いな種もある。コボルトは犬ではないが、犬に似た特徴も持っているのだ。

それゆえ、風呂嫌いのコボルトもいれば、風呂が嫌いじゃないコボルトもいる。

「……気持ちよかったです」

「なら良かったです。ミナト、私もお願いします」

「まかせて！」

「アニエスが終わったら俺も頼む」「私も」「私も」「わしも」「ばうばう」「ぴぃ～」

「まかせて！」

皆がミナトの前に列をなす。

旅をするときは何日も風呂には入れず洗濯もできないのが普通だ。

川で水浴びをするぐらいだが、それも敵を警戒しないといけない。

そのうえ、川の水は信じられないぐらい冷たい。真夏でもだ。

今のように、夏が終わりかけている季節だと、川での水浴びは本当に辛い。

そして、今日のように森を走ればダニがつく。

そのダニが寝袋に移ったりして、寝るのも辛くなる。

「ミナトのお陰でさっぱり眠れます。ありがとう」

「えへへ～」

みんなにお礼を言われて、ミナトは嬉しくなった。

そんなミナトが誇らしくて、タロはミナトをベロベロ舐めた。

最後にミナトは幼竜のことも優しく洗う。

「かゆいところはないですかー？」「わふわふ～」

ミナトが幼竜に声をかけながら、温かいお湯で体を洗う。

ミナトが声をかけるのに合わせて、タロも一生懸命声をかけていた。

「ずっと鞄の中にいたから汚れてないんじゃないか？」

ジルベルトが幼竜を洗うミナトを見ながらぼそりと言った。

「そうかもしれないけど、温かいお湯は気持ちいいから！」

「そっか。寝ている聖竜様も、きっと喜んでいるよ」

「そっかな？　そうだといいな」

ジルベルトたちは、幼竜のことを聖竜様と呼んでいる。

聖獣の古代竜だから、聖竜なのだ。

「はやく元気になってね」

「わふ〜わふ」

保護してからミナトはいつも幼竜を肌身離さず抱っこしている。

それだけじゃなく、毎日、優しく洗ってマッサージしてあげているのだ。

そして、タロはそんなミナトと幼竜を一生懸命応援していた。


幼竜を洗い終えると、ジルベルトがタロに元気良く言った。

「タロ様！　タロ様も入れるテントだぞ！」

「わふ！」

ジルベルトは大きなテントを指さした。

それはタロでも入れるぐらい大きく、小さな家ぐらいある。

タロは地面から肩までの高さ、つまり体高が一・五メートル以上ある。

簡単に言えば体高は馬並みで、横幅は馬よりも大きくがっしりしている。

「タロ様が入れるテントを教会の者たちが作ったんです。気に入っていただければ良いのですが」

アニエスがそう言うと、マルセルがどや顔になる。

「大きさはともかく、組み立てを楽にするというのが大変だったんですよ」

どうやらテントの開発にはマルセルも参加したらしい。

「魔法的な防御もかけてありますからね。強い嵐でも壊れませんし、簡単な魔法なら効きません」

色々と工夫を凝らして、手軽に組み立てられ、頑丈かつ大きなテントを作ったようだ。

「これから寒冷地に向かいますからね。防寒性能もかなり高めてありますよ」

「わふ〜〜う！　わふ！」

「ありがと！　タロもありがとだって！　すごい！」

ミナトとタロはテントの周囲を回る。

テントはモンゴルのゲルような形状で、直径八メートルぐらいあった。

だが、入り口は馬のように大きいタロでも入れるぐらい大きい。

「あ、綺麗な石だ！」

「わふ〜」

ミナトとタロが川で拾って綺麗に磨いたザクロ石が、テントに等間隔に張られていた。

「瘴気よけの効果があるからな」

「そっかー。あ、これサラキア様と至高神様の像だ！」

ミナト作のサラキア像とタロ作の至高神像が、テントの四方の下部に取り付けられている。

「ミナトとタロ様が作った神像があれば、ほとんどの呪者は寄ってこないからな」

「そっかー」「わふわふ！」

「え、これが至高神様のお姿です？　これではまるで……」

まるでうんこだという言葉を、コリンは呑み込んだ。

「中も確かめてくれ。靴のままでいいぞ」

「うん！　コリンもいこ」「わふ！」「ぴぃ～」「ぴぎっ」

「はいです」

ミナトとタロ、ピッピ、フルフル、そしてコリンはテントの中に入った。

「広いねー」「わふわふ」

「すごいです」

床には絨毯のようなものが敷かれている。

「綺麗だけど、ほんとに靴のままで良かったの？」「わふ？」

ミナトとタロは不安になった。

「いいぞ。寝心地を整えるためだけの物だからな」

「いちいち靴を脱いでいたら非常時に困りますからね」

敵襲があったとき、靴を履いている時間などない。

だから、基本的に靴は脱がないし、服も着替えない。鎧を外すぐらいだ。

「断熱性の高い絨毯を地面に敷いてあるんだ。岩とか土は冷たいからな」

「ほえー」「わふ～」

「寝るときは寝袋をつかう。ミナトのはこれだ。タロ様には大きな毛布だ」

「わふわふ！」

「タロが、ありがとと！　柔らかくて気持ちよさそう！　だって」

これまで寝袋なしで野宿しても平気だったのだ。

屋根があればそれだけで、ミナトとタロにとっては充分だった。

そのうえ、寝袋と毛布があるならば、言うことはない。

「すごい。ほわー。寝袋もやわらかいしあったかそう」

前世のミナトが使っていた布団よりずっと質がよかった。

「わふ！」

タロも毛布がとても気に入った。

とても温かそうだし、ミナトが寒そうだったらかけてあげられるところがいい。

「寝袋と毛布は、ミナトとタロ様にあげるから、鞄に入れておくと良いぞ」

「いいの？」「わふ」

「もちろんだ。だから、サラキア様の鞄に入れておいてくれ。俺たちの魔法の鞄は容量がな」

ミナトの持つサラキアの鞄は神器だけあって容量が尋常ではない。

アニエスたちが持つ魔法の鞄は、サラキアの鞄に比べたら容量ははるかに小さいのだ。

「寝袋と毛布を持ってくれたら、食べ物をもっと入れられるからな」

「そっかー。ありがとう。でも、食べ物とかテントとかサラキアの鞄に入れられるよ？」

「ああ、ついでにそれも頼むな」

ミナトとジルベルトが話している間、タロは一生懸命毛布を鼻先で広げていた。

そして、毛布の上でゴロゴロする。

「ぴぃ～」「ぴぎ～」

ピッピとフルフルもタロと一緒にゴロゴロしていた。

「タロはぼくと一緒にねるもんね」

「わふ！」

ミナトは寝袋に入って、タロにくっついて眠るつもりだった。

タロも当然そのつもりだ。

「コリンもタロと一緒に寝よ」

「そんな、おそれおおいです」

コリンはタロを神様だと思っているので、一緒に寝るのは失礼だと思っているらしい。

「わふ！」

「タロが、お願い！　だって」

「タロ神様の願いならば……」

そうして、コリンはミナトとタロと一緒に寝ることになった。

当然、ピッピとフルフルも一緒だ。

「じゃあ、俺が見張りを……」

「いえ、ジルベルトとサーニャは疲れているでしょう？」

ジルベルトの言葉をアニエスが遮る。

「そうですぞ。わしと聖女様、それにマルセルが交替で見張れば良い」

「それがいいですね。明日も走ってもらいますし」

そうして、ヘクトルが最初の見張りにつき、皆は眠りについた。


最後の見張り担当だったアニエスは明るくなりつつある夜空を眺めていた。

「……この時間は冷えますね」

そろそろ秋なのだとアニエスは考えた。

「これから北上するのだから、もっと寒くなるでしょうね」

ミナトにも防寒具を用意すべきだろうか。

だが、ミナトの服はサラキアの神器。極寒でも平気かもしれない。

「念のために手に入れておいた方が良いかも」

そう呟きながら、アニエスはテントの入り口を開けて中をのぞき込む。

「すー……わふ……ですぅ」

コリンは走る夢を見ているのか、寝言を言いながらたまに足を動かしていた。

「かわいい」

そう呟くと同時に、アニエスはどうしてコリンがここまで頑張らねばならないのかと思った。

コリンは「子供じゃないです」と言っていたが、どう見ても子供だ。
「……コボルトの勇者」
アニエスは子供の頃に至高神に選ばれて聖女になった。
コボルト神に選ばれた子供がいてもおかしくはない。
「……コボルト神」
だが、そんな神様はいただろうか。
神は無数にいて、至高神の従神として知られている者だけでも数十柱いるのだ。
アニエスどころか、この世の人の誰も知らない神がいても何の不思議もない。
至高神の愛娘サラキアのように有名な神ばかりではないのだから。
(……でも、善なる神が非力な者に過酷な運命を背負わせるでしょうか？)
選ぶならばその責を果たせるものにするべきだ。
責を果たせるわけがない弱い者を選ぶなど、善なる神らしくない。
(……預言者が怪しいですね)
預言者がコリンに語ったことのうち、少なくとも薬草に関しては嘘だった。
ならば、コリンが勇者だというのも嘘かもしれない。むしろ嘘だと考えた方が自然だ。
コリンは勇者だと信じ込まされた哀れな子供である可能性が高い。
「……村に行けば、わかるかもですね。ともかく気合いを入れないと」
聖女として、ミナトに頼り切るわけにはいかない。

コボルトの村を苦しめている病は、自分一人で治すぐらいの気持ちでいよう。

そうアニエスは考えて、テントの中で眠るミナトを見る。

ミナトは、コリンとは対照的に静かに眠っていた。

タロの大きな尻尾に抱きついて、寝息をたてている。ミナトの横にはコリンもいる。

ミナトの周囲はモフ度が凄いことになっている。

そして、タロは鼻先をミナトにくっつけていた。きっとミナトの匂いを嗅いでいるのだ。

タロは毛布をミナトとコリンに掛けて、尻尾で二人を守るかのように覆っている。

「……タロ様の尻尾、気持ちよさそう」

ミナトがうらやましいなと思いつつ、アニエスは朝ご飯の準備を始めた。


夜明けから三十分かけて、聖女一行は順番に起きていく。

「いい匂いがするです！」

「ほんとだ！」「わふわふ！」

コリンが朝食の匂いに飛び起きて、それに続いてミナトとタロが起きてきた。

「コリン、ミナト、タロ様。朝ご飯を食べましょうね」

アニエスの用意した朝ご飯はシンプルだ。

主食は焚き火で炙ったトーストにバターをたっぷり塗って、目玉焼きを載せたもの。

おかずは分厚く切って炙ったベーコン。それに温めた牛乳もある。

「食べる！」「わふわふ！」

ミナトとタロはテントから出ると、焚き火の前に座り、アニエスからお皿を受け取る。

ピッピとフルフルは、ミナトの隣に座る。

「うまいうまい……ふわあ、おいしい」

「わふわふ」

ミナトとタロは早速食べ始めて、幸せそうな顔をする。

それをみてアニエスも笑顔になった。

一方、コリンは朝食をみて、躊躇う様子を見せた。尻尾はバサバサ動いている。

「子供が遠慮しようとすんな」

ジルベルトがコリンの頭をわしわし撫でる。

「子供ではないです！」

そう言いながらもコリンのお尻の辺りのバサバサが激しくなった。

頭を撫でられるのは好きらしい。

「そうか。村まで案内してもらうのに、お腹が減って倒れられたら迷惑だからな」

「そうですよ、コリン。食べてください」

「……ありがとうです」

コリンは朝ご飯を口にして、

「う、うまいです！　パンはほんのり甘くて、少ししょっぱいバターと合っていて……」

「お口に合って良かったです」

そう言って、アニエスは優しく微笑んだ。

二章

コボルトの村とちっちゃい使徒《幼子》とでっかい神獣《子犬》

美味しい朝ご飯を食べた後、ミナトたちは、コボルトの村に向けて出発した。

タロの頭にフルフル、背にコリン、アニエス、マルセルとヘクトルが乗った。

そして、ミナトとジルベルトとサーニャは走り、ピッピは空を飛んでいく。

コリンは畏れ多くて神様の背には乗れないと遠慮したが、アニエスが、

「いいから乗りなさい。人の速度で歩けば余計にタロ様に迷惑がかかります」

と言って、強引に乗せたのだ。

もっとも、タロは、

「わふ～？」

首をかしげて「迷惑じゃないけど？」と言っていたが、ミナトは通訳しなかった。

「わふわふ～～」

「タロ。朝ご飯を食べたでしょ！　しばらくゆっくりね」

「わふ！」

ミナトに言われて、タロは「わかった」と元気に返事をした。

ご飯を食べてから、すぐに走ることは、大型犬にとって体に良くない。

胃捻転になって、最悪死ぬこともある。

もちろん、タロは神獣なので、食べてすぐ走ろうが何てことはない。

「わふ～わふわふ」

タロは、ミナトの顔を見ながら、尻尾を振って、ゆっくり歩いて行く。

「やっぱり、タロ神様の背に乗るなんて、畏れ多いです」

「タロは別に神様じゃないよ？　神獣だけど」

ミナトは改めてコリンに言う。

「あ、そういえば神獣とは何か聞いてなかったです」

昨日話したときは神獣の話ではなく、預言者の話になったのだ。

「神獣は亜神のような存在。地上におけるもっとも神に近い存在ですよ」

「つまり……神様です？」

「神様じゃないよ？」

「わふわふ」

「それにタロは神獣だってこと隠しているから、タロ神様って呼ばれたくないんだって」

「わ、わかったです！　気を付けるです」

それからコリンはタロのことをタロ様と呼ぶようになった。

「あ、あれが村です！」

コリンがそう言ったのは、お昼前だった。腹ごなしが終わったタロが走ったら一瞬だった。

「僕の足だと二日かかったのに……」

「薬草を採りながら二日なら、充分速いわ」

へこんだコリンをアニエスが慰めた。

コボルトの村は先を尖らせた丸太で作った高さ二メートルほどの柵で囲まれていた。

広さは直径五十メートルほど。

柵の中に木造の家が五軒ほど並んでいて、畑があり、栗の木が植えてあった。

村の出入り口は木の柵で作られた扉だ。

「静かだな。誰も外を歩いてない。一応警戒した方が良いな」

ジルベルトが皆を見ながら言った。

「病気の人が多いから、外に出てないのは当たり前です」

きょとんとしてコリンが首をかしげる。

「そうだな。その通りだ。だが常に警戒するのは大事なんだ」

ジルベルトはコリンの頭を撫でた。

ジルベルトが警戒しているのは、山賊の類いだ。

村を訪れたとき、不自然に静かな場合、山賊などに滅ぼされている場合がある。

それならば、ただの悲劇だが、まれに占拠されている場合がある。

その場合は、山賊との戦闘になりうるのだ。

「看病している人も、あまり外を出歩かないのか？」

「お昼寝しているのかもです。夜に症状が重くなるのですよ」

夜通し苦しんだ患者も、その患者を看病した者も、昼近くになってやっと眠れる。

そういう病気らしい。

「聞いたことのない症状ですね」

そう言いながら、タロの背から飛び降りたアニエスがミナトの耳元で囁いた。

「ミナト。……気づきましたか？」

「呪いの気配？」「わふ？」

ミナトはアニエスにだけ聞こえるぐらい小さな声で返事した。

タロは人よりずっと耳が良いので、離れていても返事をしてくれる。

「そうです。ごくごくわずかながら瘴気が漂ってます。ミナトはどう思いますか？」

「でも呪者はいないよ？」「わふ～」

タロも「いない」と言っている。

「でも、瘴気はある？　ということは……」「わふ……」

「つまり？」

「少し前に呪者がきたのかも？　はぁゃ～」

ミナトは話しながら何でも無いことのように、右手をあげると、一瞬で瘴気を払った。

「……え？　って、ミナトのやることに驚いていたら身が持ちません」

いくら薄かろうと、瘴気という物は、こんなに簡単に払えるような物ではないのだ。

しかも村に入らずに、村を漂う瘴気を払うなど、時間をかけてもアニエスには無理だ。

「…………あっ」

驚いた後、アニエスは嫌な可能性に気づいて、ハッとして村を見る。

「まさか！」

訪れた呪者に村人が殺されているのではと、アニエスは思ったのだ。

「だいじょうぶ。ちゃんと人はいるよ？」

そうミナトは笑顔で言うと、

「コリン、中にはいっていい？」

「もちろんです！　ついてきてほしいです」

コリンはタロの背から飛び降りて、丁寧に頭を下げた。

「タロ様、背中に乗せてくれてありがとうです」

「わふ〜」

コリンに続いて、ヘクトルとマルセル、ピッピ、フルフルもタロから降りる。

「タロ様、ありがとうございます」「ありがとうございます」「ぴぎっ」

コリンを見習って、ヘクトルとマルセルもいつもより丁寧に頭を下げた。

フルフルもいつもより余分にプルプルしていた。

「わふ～」

「タロ様、それにみなさま、村を案内するです。あ、寝ている人が多いから静かにです」

コリンは村に向かって静かに走って、木の柵で作られた扉を開く。

扉は内側にあるかんぬきで閉められていた。

鍵がかかっているわけではないので、柵の間から手を入れれば簡単に外せるようだ。

「獣よけの柵ですね」

マルセルの言葉の意味は、つまり人の侵入を防ぐ為の扉ではないということだ。

コボルトたちは、人に対しての警戒心が薄いのかもしれなかった。

コリンはとても小さな声で、

「ただいまです。タロ様と治癒魔法を使える神官様をつれてきたですよ～」

と言いながら、村の中へと入っていく。

ミナトたちも続いて中に入る。

「コリン。まず病気の人の診察をしましょう」

「ありがとうです。アニエスさん、じゃあ、この家からお願いするです」

「みんなは食事の準備をお願いします」

「タロはここでまっててね」

「ぁぅ～」

寝ている人を起こさないように、みんな小さな声で話している。

そして、アニエスとミナトは、コリンの後に続いて、静かに家に入る。

当然、タロは大きすぎるので外で待機だ。

ミナトにくっついて中に入るのは、ピッピとフルフルである。

家の中に入ると、床部分が一メートルぐらい掘られていた。

ミナトは「学校で習った竪穴式住居ってこんなのだったかも？」と思った。

床の大部分は土が露出していて、奥に敷かれた藁の上にコボルトが横になっていた。

横になっているコボルトは全部で五人ほどだ。

その中の一人の元にコリンはミナトたちを連れていく。

「このばあちゃんが村長です。一番年寄りだから、一番弱っているですよ」

「……だれが年寄りじゃ」

コリンは小さな声で話していたのに、村長はしっかり起きていた。

村長もコリンと同じコボルトだ。寝ているので二足歩行かどうかもわからない。

ただ、大きめの犬が仰向けに横たわっているかのように見える。

「……お客さんですな」

村長は体を起こそうとしたので、慌ててコリンが止める。

「寝てなきゃダメです！　薬草を採ってきたし、病気を治せる神官様をつれてきたです！」

「コリン、また無理をして……無事か？　前みたいに大けがしてないか？」

「大丈夫ですよ！」

村長はコリンの頭を優しく撫でる。

アニエスの目から見て、村長はあまり歳を取っているようには見えなかった。

顔が毛で覆われていて、しわが目立たないから年齢がわかりにくいのかもしれない。

「コリン、お前が何もかも背負う必要はないのじゃぞ？」

「大丈夫です。僕は勇者ですから！」

「勇者など……。そんな役割に縛られる必要はないと言っておるのじゃ」

そう寂しそうに呟いて、村長はアニエスとミナトを見た。

そして村長は再び体を起こそうとしたが、コリンに止められる。

「寝たままで失礼いたしますじゃ」

と心底申し訳なさそうな顔で、

「このようなあばら屋にきていただき、ありがとうございます」

丁寧にお礼を言った。

コリンもそうだが、コボルトは礼儀正しいんだなぁとミナトは思った。

村長のお礼を受けて、アニエスがまさに聖女のような笑顔で言う。

「いえいえ、私たちにできることがあればなんでもおっしゃってくださいね」

「ありがとうございます。ですが、我が村は貧しく神官様に払えるような……」

「お気になさらず。お礼はいただきませんから」

「いえ！　そういうわけには！　治療の対価が高額なのは田舎者である我らでも――」

「本当にお代はいただきませんから」

「ありがとうございます。その慈悲のお心は、是非村のより若い者に――」

遠慮する村長と、治療を受けさせたいアニエスが話し合っている室内に、

「ふぅお～」

ミナトの気の抜けた声が響いた。


ミナトは村長に触れてもいない。

子供らしく好奇心一杯の目で、室内をキョロキョロ見回していた。

だから、村長はミナトをアニエスの従者見習いか何かだと思っていた。

だが、ミナトはキョロキョロしながら、

「ふむ～。部屋の中にも少し瘴気がある」

と使徒らしく観察していたのだ。

もちろん、部屋の中にある立派な鹿の骨の飾り物とかは凄く気になってはいた。

「でも、鹿のかざりを調べるまえに、やっとかないとね！」

「ぴぃ～」「ぴぎっ」

ピッピとフルフルも「それがいい！」と賛成してくれたので、

「ふぅお～」

と気合いを入れて、村長たちを治療して、ついでに瘴気も払ったのだった。

「…………え？」

ミナトが「ふぅお〜」と言った瞬間、村長の全身が楽になった。

「……治ったのじゃ？」

「え？　治った？」「わ、わたしも……治った」

大人しく寝ていた、村長以外の四人の病人も治ったようだ。

発熱、頭痛、吐き気、お腹の痛み。食欲はなく、全身の関節も痛い。

そんな症状が数週間、続いていた。

高齢の村長は、このまま死ぬことを覚悟していた。

治療を遠慮したのは、高価な治療費を払えないという理由だけではない。

自分はもう長くないのだから、村のまだ元気な者から助けてほしいという思いもあったのだ。

一般的な神官は、一日に数回も治癒魔法を行使できない。

しかも病は重い。一人治すのに数時間はかかるのが普通だ。

自分はもう充分生きた。

だから、自分は後回しでよい、手が回らないなら治らなくてもいいと村長は考えていた。

「え？　え？　どこも痛くないし苦しくないのじゃ……」

「うぅぅ……苦しくない、苦しくないよぅ」

村長以外のコボルトたちは泣いていた。

「村長？　みんなも治ったです？　ど、どういうことです？」

村長たち元病人は呆然とした表情で、コリンは目を見開いてミナトを見た。

コリンは、タロが神獣だと聞いてはいたが、ミナトがサラキアの使徒だと知らない。

隠す必要を感じていたわけではないが、たまたまミナトはコリンに言っていなかった。

だからコリンも村長と同じく、ミナトをアニエスの従者か何かだと思っていたのだ。

それゆえ、まさか一瞬で病気を治せるとは思わなかった。

村長はミナトをじっと見つめて呟くように言う。

「あなたが、治してくださったのですね？」

ミナトが「ふぅお～」と言った瞬間、村長にはミナトが少し光ったように見えた。

それに、ミナトから気持ちの良い何かを感じ取ったのだ。

「ありがとうございます、このご恩は――」

「いいよ！　それより元気になった？　いたいところない？　くるしいとかも？」

「は、はい。まことに、ありがたいことで、このご恩は――」

次の瞬間、村長のお腹が「ぐぅ～」と鳴った。他の元病人のお腹もほぼ同時に鳴る。

村長たちは消化器が弱っており、食欲がなく、あまり沢山食べられなかった。

だから、完全に回復した今、元気になった胃袋がお腹が空いたと訴え始めたのだ。

「あ、みんな、あんパンたべる？」

「あんパン？　とは一体？」

「えっとね、甘くておいしいパンだよ！　たべて！」

ミナトはサラキアの鞄からあんパンを取り出して村長に渡す。

「いえ、貴重な食料までいただく――」

「おいしいよ！　食べて！」

村長は遠慮しようとしたが、ミナトのあまりにキラキラした目を見て、

「ありがとうございます」

と頭を下げて、あんパンを口にした。

「あ、美味しい」「美味しい」「……美味しすぎる」

「おいしいでしょー。えっとね、パンの中にあずきを煮た甘いあんこをいれてるの！」

「このような素晴らしい物までいただいて……なんとお礼をいえば……」

「気にしないで！　あ、コリン、他のみんなも治療しにいこ！」

「は、はいです！」

「じゃ、みんな。あとでね！」

そして、ミナトとコリンは村長の家から去っていく。

ミナトの後ろをピッピとフルフルも付いていった。

「ぁぅぁぅ」

「タロ、まだ治療おわってないからおとなしくしてて！」

「……ぁぅぅ」

家の外に出たミナトとタロの声を聞きながら、村長はアニエスに尋ねた。

「あの、あの方は一体……」

「ミナトは特別な子供です」

使徒であることを明かしていいか、ミナトに確認していないのでぼかして答えた。

「私も治療魔法に関しては自信があるのですが、ミナトには全くかないません」

「そ、そうなのですな」

「はい。普通は数日がかりの仕事になるでしょうに……」

村長の病は重かった。普通の神官なら一日かけても完治は難しい。

数日かけて、体力を回復させながら、病巣を小さくしていくのだ。

「数日も……」

その間、他の者を治療できないので、当然費用がかかるのが一般的だ。

村長が遠慮したのはそれを知っていたからでもある。

「私なら一時間、いや数十分でしょうか」

至高神の聖女であるアニエスは、ミナトを抜けば世界でも随一の治癒魔法の使い手だ。

「でも、ミナトは、まとめて五人を一瞬で治療しましたね」

そう言って、アニエスは微笑むと、室内を見回した。

わずかに残っていた瘴気も消えている。

治癒魔法を使うと同時に瘴気まで払うとは。

病気治療のコツを教えようと思っていたが、その必要すら無かった。

「ミナトは、底が知れませんね」

アニエスは、呟いた。


ミナトが村長の家から出てくるのを、タロは待ち構えていた。

タロはミナトを出迎えて、顔をベロベロ舐めたが、

「タロ、まだ治療おわってないからおとなしくしてて！」

と言われてしまった。

「……ぁぅぅ」

「すぐおわるからね！」

ミナトはタロのことをわしわし撫でた。それだけでタロは幸せな気持ちになった。

「コリン、次はどのおうち？」

「こっちです！」

ミナトとコリンはピッピとフルフルを引き連れて家の中に入る。

「ただいま」

コリンは小さな声で呟くように言っているのに、

「コリン、どこまでいっておったのだ？　心配したのだぞ」

「まったく、心配させおって」

中のコボルトたちは起きていた。コボルトは耳が良いのかもしれなかった。

その家にいたコボルトは四人だ。老人なのか若者なのかわかりにくい。

だが、ミナトには初老二人、壮年二人に見えた。

ミナトは、タロと一緒に暮らしてきたからか、犬の年齢を見分けるのがうまいのだ。

「治癒魔法の神官様？　が来てくれたです」

コリンはミナトを見て、首をかしげながらそう言った。

ミナトが本当に神官様なのかどうか、コリンには自信がなかったのだ。

「僕は神官じゃないよ？　ふむふむ。このおうちにも少しだけ瘴気がある」

ミナトはキョロキョロ室内を見回しながらそう呟く。

だが、コボルトたちはそもそも幼いミナトが神官であるはずがないと思っていた。

そう思うのは当然だ。

神官になるには神学校で何年も学ばねばならず、神学校に入学できるのは六歳からだ。

コボルトたちはミナトの言葉を気にすることなく続ける。

「コリン、村には神官様にお礼に払うお金がないのだ。ご足労頂いたのに申し訳ないが――」

「ほぁ～～」

コボルトたちの言葉の途中で、部屋の中にミナトの小さな声が響く。

たちまち室内の瘴気は消え、四人の病は癒えた。

「え？　治った」「……苦しくない」「痛くもない。え？」

突然のことに呆然とする元病人たちに、ミナトは笑顔で尋ねる。

「痛いとこない？　苦しいとか、気持ちわるいとかない？」

「は、はい。全く快適で……」「すごく気持ちが良いです」

「よかったー」

村長の時と同じく、元病人たちのお腹が「ぐぅっ」となった。

「あ、お腹すいてるんだね。あんパン食べて！」

村人たちは、村長同様に遠慮したが、ミナトの押しに負けて、あんパンを口にした。

「甘くて美味しい」「……なんて美味しいのでしょう」「こんなに美味しいもの食べたことない」

食糧が不足し、栄養の少ない木の根を煮た物やどんぐりばかり食べていた。

そんな栄養を摂れなかった弱った体に甘みが染み渡る。

糖分に飢えている状態で食べるあんパンはこの世の物とは思えないほど美味しいのだ。

「病気を治してくれてありがとうございます。こんなに美味しい物をありがとうございます」

元病人たちはボロボロと涙を流し、ミナトにありがとうと繰り返した。


ミナトとコリンが次の家に向かう為に外に出ると、アニエスとタロがいた。

「ミナトだけで大丈夫な気もしますが、一応私も手伝いますね」

「ありがと、病気の治療ははじめてだからたすかる」

「ぁぅぁぅ～」

「タロ、まだだよ～」

少し離れていただけなのに、タロは久しぶりに再会したかのようにミナトに甘える。

タロは「留守番できてえらい？　えらい？　ほめて？」と一生懸命アピールした。

タロはミナトの顔をベロベロ舐めて、ミナトはタロのことを撫でる。

首のもふもふしたところを、ミナトはわしわしと少し力強めに撫でた。

「タロ、留守番できてえらいねー」

「ぁぅ～」

タロの尻尾がはち切れんばかりに振られる。

それを見ながら、コリンが小声でアニエスに尋ねた。

「あの、ミナトさんは一体？　アニエスさんの従者の神官見習いさんだと思ってたですけど」

「ミナトは神官よりずっとえらいの」

アニエスはサラキアの使徒という正体を明かして良いか判断できないのでぼかして答えた。

「ずっと……アニエスさんより？」

「そうね、私よりずぅーっと」

「はえー」

そんな話を聞いたミナトがタロを撫でながら、振り返る。

「あのね、コリン。僕はサラキア様の使徒なの」

ミナトはコリンにあっさりと正体を明かした。

「サラキア様って……至高神様の愛娘のあのサラキア様です？」

「そう。コリンも知ってたんだ」

「そりゃ知っているです。有名ですし。村にもほこらがあるですよ」

どうやらコボルトの村にはサラキアのほこらがあるらしい。

ミナトは、だからサラキアはコボルトの村を選んだのかなと思った。

サラキアと至高神がミナトとタロを最初に送り込もうとしたのは、コボルトの村だったのだ。

「でも、使徒ってなんなのです？」

「使徒っていうのは……こう……サラキア様に仕事をたのまれたり？　する？　かんじ？」

ミナト自身、使徒について何と説明して良いのかわからなかった。

「使徒というのはですね。神の地上の代理人、神の力の代行者です」

アニエスが説明しても、コリンは首をかしげている。

「神から力と使命を与えられた人間のことです」

「ほぇー、…………………だからすごいんですね」

コリンはぽかんと口を開けたあと、しばらく間を空けて納得したように頷いた。

「あの、ミナト様の使命ってなんなのです？」

「様はつけないで？　おねがい」

「でも、そんなわけには……」

「おねがい」

「わかったのです」

ミナトがあまりに真剣な目をしていたので、コリンは様をつけないことに同意した。

「えっとね、サラキア様に与えられた使命は呪いを払うこと。あとは聖獣とか精霊を助けたり」

「それは重大な使命です」

「あとは、この世界をたのしむこと！」

「たのしむことです？」

「そうです」

ミナトは笑顔で、少し冗談めかすようにコリンの口調を真似てそう言った。

「でも、使徒ってことはないしょね？　めだつし？　悪い奴に狙われるかもだし？」

「わ、わかったです」

コリンは真剣な表情でうなずくと、タロをちらりと見て、もう一度ミナトを見た。

「あの、タロ様は……神獣というお話でしたが、やはりサラキア様のです？」

「ぁぅ？」

「タロは至高神様の神獣だよ」

「そうだったのですね。すごい」

コリンはタロのことをじっと見つめる。

「やっぱりタロ様はすごいです。至高神様が、きっと遣わしてくれたですよ」

コリンは跪くと至高神とサラキアとタロに五秒ほどの短い祈りを捧げた。

「ちなみに私は至高神様の聖女です」

「聖女様……、かの有名な王都にいらっしゃるという聖女様です？」

「有名かどうかはわかりませんが、少し前まで王都にいた聖女です」

「……すごいです」

驚いて固まったコリンに、ミナトが笑顔で言った。

「つぎいこ！　どの家に重い病気の人がいるの？」

「あ、はい！　ありがとうです。次はこちらです」

それから、ミナトとコリン、アニエス、そしてピッピとフルフルは家々の訪問を再開した。


村人は全部で三十人。そのうち病人は二十人という話だった。

だが、コリンが薬草を探して離れている二日の間に二十五人に増えていた。

二十五人を、コリンを除く四人で看病していたのだ。

夜通し看病していた者たちは疲れ果てて、みな熟睡していた。

だから、ミナトとコリンは起こさずに病人だけを治療して回る。

逆に病人の方は眠りが浅いのか、皆、家に入るとすぐに目を覚ました。

病人たちはコリンの元気そうな姿を見て、ほっと胸をなで下ろし、

「コリン、大丈夫だったのか？　怪我は？」

自分も苦しいだろうに、コリンの身を案じて言葉をかける。

コリンは村の大人たちに愛されているようだ。

きっとコボルトの村全体が、仲間を大切にしているに違いなかった。

「おばちゃん、ありがと。僕はだいじょうぶ。治癒魔法を使える方を連れてきたです」

コリンはミナトが神官ではないと知っているが、使徒とは言えないのでそう言った。

「そんな、治癒魔法の使い手たる立派な神官様に払うお布施なんて用意できな……」

「ちょぁ〜」

「…………治った」

ミナトは病人たちの遠慮など気にしないで、あっというまに病を治す。

「あ、お腹すいてる？　すいてるよね？　いいものがあるんだ！　あんパン！」

そして、あんパンを勧めていく。

コボルトたちは皆遠慮したが、ミナトの押しに負けて、最終的にあんパンを口にする。

「美味しい！　なんという美味しさ、絶妙な甘さと……柔らかなパン、そしてこの黒い物の」

「あんこだよ！」

「あんこはしっとりしていて、優しい甘みが、パンの風味に絶妙に合っていて」

元病人たちはポロポロ涙を流し、ミナトはうんうんと満足げにうなずいた。

それからもミナトは瘴気を払い、病人を癒やし、あんパンを食べさせた。

看病している者が寝ている建物では、特に声を小さくして起こさないように注意した。

ミナトが家を回り始めて二十分ほどで、全病人の治療が終わった。

「……病の治療がこんなに早く終わるなんて、常識では考えられません」

アニエスがそう言って、ミナトの頭を優しく撫でた。

「ぁぅぁぅぁぅ」

タロも「ミナトはすごい」と言いながら、ミナトの顔をベロベロと舐めた。

二十五人の治療を二十分ほどでだ。

しかも、治療自体は一瞬だ。主に時間をかけたのはあんパンの配布である。

「まあ、常識ではそうだろうが、ミナトなら想定の範囲内だな」

そう言ったのはジルベルトだ。

ジルベルトはミナトたちが治療している間、料理の準備をしていた。

ジルベルトの目の前にあるのは大きな鍋だ。

その鍋はミナトなら、お風呂に出来そうなぐらい大きかった。

アニエスは聖女なので、災害に見舞われた地域などで大勢に炊き出しをすることもある。

そのときに使う鍋だった。

「なにせ、使徒様ですからな」

「うんうん。使徒ってのは、別格だねぇ」

そう言ったヘクトルとサーニャは、少し疲れている。

ミナトたちが治療している間、サーニャとヘクトルは近くで狩りをしていたのだ。

コボルト村の皆にごちそうするためである。

「いや、使徒は確かに別格なのでしょうが、ミナトは使徒の中でも別格なんですよ」

ジルベルトの料理の準備を手伝っていたマルセルが、どこか自慢げに言う。

「歴史書に記載された使徒の事績と比べても、ミナトの能力は格別ですから」

マルセルたちがそんな話をしていても、ミナトは気にしない。

「ジルベルト、何作ってるの？」

「ん？　野菜と肉をたっぷり入れたシチューだ」

「シチュー！」「あぅあぅ」

ミナトとタロはジルベルトの作るシチューが大好きだった。

「胃腸は大丈夫そうだとアニエスに聞いたからな。とにかく栄養のあるものをと思ってな」

シチューにはチーズとミルク、それに野菜と沢山の肉が入っている。

栄養は充分だ。そのうえ温かくて美味しい。

「そっかー。あ、みんなにあんパンを食べてもらったけど、だいじょうぶだったかな？」

ミナトはあんパンでお腹がいっぱいになってシチューを食べられないかもしれないと心配したのだ。

「まあ、大丈夫だろ。余ったら、明日に回せば良いし」

「あ、サラキアの靴にも入れられるからね！」

さらに三十分ほどが経ち、

「さて、そろそろ良い感じに煮えたかな」

ジルベルトが鍋のふたを開けた。

たちまち、美味しそうなシチューの匂いが村に広がった。

シチューの匂いにつられて、村の家々から、コボルトたちが顔を出す。

「……ごはん？」

目をこすりながら、扉から顔を出したコボルトが、

「そうだぞ、おいしいぞ。こっちに来て食べるといい」

「わぅ！」

ジルベルトを見て、びくりとして慌てて家の中に引っ込んだ。

知らない人がいたので、怯えたのだろう。

「ごはんだよ！　みんなでてきてー」

ミナトは大声で皆を呼ぶ。

ミナトは、コボルトたちが目を覚ましたと判断したのだ。

雀の聖獣から貰った【索敵Lv42】の力で、ミナトの気配を探る力は凄まじい。

コボルトの小さな村ぐらいならば、隅々まで気配を探れるのだった。

「コリン、みんなを呼んで！　一緒にシチューをたべよう！」「わふわふ！」

「わかったです！」

ミナトとタロに呼びかけるよう言われて、コリンは真剣な表情で頷いた。

「みんな！　シチューがあるですよ！　食べに来てほしいです！　こわくないです！」

コリンに呼びかけられ、看病疲れで寝ていた四人のコボルトたちが家の外に出てくる。

「あんパン食べた人もシチュー食べよ！　でてきてー」

ミナトに呼ばれて、元病人の二十五人も外に出てきた。

元病人たちはあんパンを頂いたうえにシチューまで頂くわけにはいかない、と遠慮していたのだ。

「並んでくださいねー」

「はい、こっちですよ」

アニエスとマルセルが呼びかける。

「あ、そんな貴重な食料を……」

病人じゃなかった四人のコボルトも、元病人たちと同様に遠慮する。

「気にしないで！　もう作ったし、食べなかったら腐っちゃう！」

本当はサラキアの鞄があるので、腐ることはない。

だが、遠慮させない為にミナトはそう言った。

「ありがとうございます。このご恩は――」

元病人たちも含めた、二十九人のコボルトたちは礼を言い列を作りかけたが、

「「わぁぅ」」

家の陰から顔を出したタロを見て一斉にびくりとする。

全員が耳をピンと立てて、尻尾の毛を逆立てて、ほぼ同時に平伏した。

「か、神様、よくぞおいでくださいました」

村長が平伏したまま、プルプル震えつつ、タロに向かって挨拶する。

「わふ～」

「タロは神様じゃないよ？」

「タロ神様……」「タロ神様……」「ありがとうございます、タロ神様」

村長も、村人たちもコリンと同じような反応をする。

やはり、コボルトたちにとって、タロはタロ神様らしい。

「わふわふ～？　わふ！」

「タロ神様は神様ではないと？」

「わぁう！」

「なんと、至高神様の神獣であらせられると……」

村長はミナトの通訳なしにタロと話していた。

「ねね、村長。タロの言葉がわかるの？」

「はい。我々はイヌ科の言葉はだいたいたい」

「すごい」

「もっともイヌ科でも知能の低い種や赤子の言葉はわからないことが多いです」

知能の低い種は、そもそも言葉を話していないということだろう。

赤子の言葉がわからないのは、人間でも赤子は大人のように言葉を話さないからかもしれない。

「すごいねー。あれ？　コリンもわかるの？」

「はいです。黙っててゴメンです」

「いいよ！　そうだったんだ～。あ、そういえば、通訳してないのに返事してたことあったね！」

コリンは奥ゆかしいので、通訳は不要だと言い出せなかったのだろう。

ミナトとコリンが話している間も、タロと村長は会話を続ける。

「わふわふ～」

「ミナト様は、サラキア様の神獣なのですか？　なんと！」

「神獣じゃなくて使徒だよ？」

「ああ、使徒！」

そこで、改めてミナトは皆に自己紹介することにした。

「僕はミナト！　サラキア様の使徒で～」

「私はアニエスです。至高神様の聖女をやっています」

ミナトたちの自己紹介が終わると、コボルトたちが自己紹介した。

「さて、みんな自己紹介も終わったところで、シチューを食べよう、並んで並んで」

「シチューによく合うバケットもあるからね」

ジルベルトがシチューをよそう準備をし、サーニャは皿とバケットを準備している。

「で、ですが、そのような貴重な――」

「わふぅ！」

遠慮するコボルトたちに、タロが「食べて！」と強く言った。

「……ありがとうございます」

タロの言葉を受けて、コボルトたちも遠慮するのを止めた。

シチューとバケットを配り終えても、三十人のコボルトたちは食べなかった。

コリンを含むコボルトたちは、じっとタロのことを見つめている。

「食べないの？」

「そんなタロ神様より先に食べるなんて、失礼なこと……」

「ミナトより先に食べるなんて、失礼すぎです」

どうやら、コボルトたちは、食べる順番にこだわるらしい。

コボルトたちは人だが、イヌ科に近い風習があるようだ。

狼などは、群れのトップが最初に食べて、その後に残りの狼が食べるのだ。

「そっかー、いただきます！」

「わふわふ！」

ミナトとタロがシチューを口にする。

「うまい！　あったかくて、チーズの味がする。おいしい！」

「わふ～わふわふ」

するとコボルトたちもシチューを食べた。

「なんと、美味しい……」

「この肉は、鴨？　柔らかくて口に入れるとほろりとほどけて……」

「芋がほっこりしていて……濃厚なチーズとミルクの風味と……」

コボルトたちは涙を流して、感動していた。

食事を終えると、またコボルトたちは感謝の言葉を口にする。

料理を作ってくれたジルベルト、鴨をとってきたサーニャとヘクトルだけでなく、一人一人に礼を言う。

「気にしないでください。それが至高神様の思し召しですから」

そうアニエスに言われて、コボルトたちは恐縮しきりだった。

もちろん、病を治したミナトにも、繰り返しお礼を言う。

病を治してもらった者だけでなく、看病していたコボルトたちもミナトにお礼を何度も言った。

「気にしなくていいのに～」

そう言いながらも、ミナトは照れていた。

「わふわふ～」

タロはそんなミナトのことが誇らしくて、ミナトの顔をベロベロ舐めた。

お腹いっぱい食べて、しばらく休んだ後、ミナトたちは村の中をゆっくり散歩することにした。

村は直径五十メートルしかない。

だが、ミナトたちにとって目新しいものばかりなので、散歩も楽しい。

「ぴぎぃ～」

フルフルが元気にピョンピョン進み、その後ろをミナトとタロ、コリンがついていく。

「ぴぃ～ぴ！」

飛ばずにミナトの肩に乗っているピッピが、村の中央にある小さな建物を見て鳴いた。

「ん？　ピッピはあれが気になるの？」

「ぴ～～」

「ぴぎぴっぎ」

するとフルフルがその建物の方へと跳ねていき、その後ろをミナトたちはついていく。

「コリン、これなぁに？」

「これは至高神様とサラキア様とコボルト神様のほこらです」

その小さな建物は、ミナトが前世で見た社《やしろ》に似ていた。

鳥居はないが、ミナトなら入れるぐらいの大きさの木造の小さな建物だ。

屋根は赤い金属で覆われている。

「この中に神様の像がはいっているです」

ほこらの正面には観音開きの扉があって、それを開くと神像が三体あった。

「これが至高神様とサラキア様と、コボルト神様？」

「そうです」

中央に至高神の像、左にサラキアの像、右にコボルト神の像が置かれている。

「うん。サラキア様に似てるかも」

それは高さ三十センチぐらいで、大理石で作られたとても精緻な美少女の像だった。

「え？　ミナトはサラキア様にあったことあるですか？」

「うん、あるよ。使徒だからね！」

「ふえ～」

コリンは尊敬の目でミナトを見る。

それからタロに申し訳なさそうに言う。

「タロ様、至高神様に似てないかもですが……」

至高神の像は高さ四十センチほどで大理石で作られていた。

立派な髭が生えている、ハンサムなおじさまだ。

「わふ～」

タロはまあまあ似てると言った。

「え？」

コリンは昨夜タロが作った至高神の像を見ている。

だから、「至高神様はうんこみたいな姿なんじゃないの？」と思った。

「わふ？」

「なんでもないです」

きっと、像を造った村人に気を使ってくれているのだろうと、コリンは考えた。

（……タロ神様はやさしいです）

そう思って、コリンは感動していた。

「ぴぃぴぃ！」「ぴぎぴぎ～～」

一方、ピッピとフルフルはコボルト神の像を見てはしゃいでいた。

そのコボルト神の像は、大理石で作られており、高さ三十センチの犬の姿をしていた。

コボルト神の像なのに、二足歩行ではなく、普通にお座りしている。

ミナトは前世で見た狛犬みたいだな、と少し思った。

そして、コボルト神の姿は耳がたれて、優しい目をしており、タロそっくりだ。

「……タロに似てるね」

「わふ～わふ～」

タロは照れて、尻尾を振りまくっている。

「タロが神様だとまちがわれるのもわかるねー」

「まあ、実際タロ様は神様みたいなものだし。コボルト神様とは違うけど……」

「うわっ、びっくりしたです。サーニャさんですか」

コリンはいつの間にか背後にいたサーニャに驚いてびくりとした。

もちろんミナトはとっくに気づいていたので驚きはしない。

「そうとも限りませんぞ」

サーニャの後ろにいたヘクトルが、コボルト神の像を見ながら言う。

「どういうこと？」

「サーニャはあまり経典を読まぬからのう。聖女様の従者として――」

「いいから、教えて」

説教を遮って、サーニャが先を促す。

「教えて」「わふわふ」

ミナトとタロにも教えてと言われて、ヘクトルは嬉しそうに説明を始めた。

「至高神様は、過去にも神獣を地上に遣わしたことがあるのですぞ」

「ほえー。その時も犬だったの？」

「流石、ミナトは鋭いですな。そう毎回犬でした」

「犬がすきなんだね！」

「わふわふぅ」

タロが嬉しそうに尻尾を振った。

「歴史上の神獣様もコボルトと共に活躍していることが多いのです」

「ほえー」「わふぅ～」「すごいです」

「きっと、至高神様は犬とコボルトが好きなのですな」

「わふ」「光栄なことです」

タロとコリンが嬉しそうに照れている。

「そして、ここからが本題なのですが……」

「ふんふん！」「わふわふ！」「本題です！」

ミナト、タロ、コリンが真剣な目でヘクトルを見つめる。

子供たちに尊敬の目で見つめられるヘクトルが、サーニャはうらやましかった。

なぜ、自分は至高神の経典を読んでいなかったのか。

それをサーニャは生まれて初めて後悔した。

「コボルト神様というのは、至高神の神殿には伝わっておらぬのです」

「え？　コボルト神様はいないです？」

コリンの尻尾がしなしなと垂れ下がる。

「そうではありません。恐らく至高神様の神獣様とコボルト神様は同一の存在かもしれませぬ」

「ほえ？」「わふ」「……です？」

ミナト、タロ、コリンが同時に首をかしげる。

「神殿には神獣様、コボルトたちにはコボルト神様として伝わっているのかも知れません」

「でも、タロは神様じゃないよ？」

「わふわふ」

タロも「そうだそうだ」と言っている。

「そもそも、神は地上に降臨しない、というよりも影響が大きすぎるので降臨できないのですな」

「ふむふむ？」「わふわふ？」

「だが、コボルトたちの伝承では、コボルト神様は地上に降臨している。そうですな？」

「うん。そうです。困ったときに現れて助けてくれるです」

「ならば、そのコボルト神様は、神そのものではなく、神に近い存在のことでしょうな」

「神に近い存在……神獣様です？」

「そう、地上に降臨できる最も神に近い存在は神獣様ですからな。それと使徒様ですな」

「ほえー」

コリンは尊敬のまなざしで、ミナトとタロを見つめる。

「これは一神官にすぎない、わしの考えた仮説に過ぎませぬが」

「そっかー」「わっふー」

「真実を確かめる手段があればよいのですが……」

「まあまあ、説得力あったんじゃない？　それはともかく、流石タロ様」

サーニャはそう言いながら、タロのことをモフモフ撫でる。

サーニャはずっとタロをモフモフする隙を窺っていたのだ。

「わふふ～」

「え、撫でていいですか？」

「わふ！」

「失礼するです……」

遠慮しながら、コリンもタロのことを撫でた。

「ふわ～柔らかいです。温かくて、もふもふで……」

「もっと力入れて撫でていいよ？　その方がタロは好きかも」

「そうなのですね！」

ミナトに教えてもらって、コリンはタロを力一杯モフモフした。

「わふ～」

タロもご満悦で尻尾を振った。

「コリンもモフモフー」

タロを撫でるコリンの顎の下を、ミナトがモフモフする。

「はわ、はわわわ」

タロをモフモフし続けてきたミナトのモフる技術はすごかった。

コリンは恍惚の表情で「はわはわ」いっている。

「あ、私も……」「わしも……」

サーニャとヘクトルもつられてコリンを撫でまくる。

「はわわ」

コリンは照れながら尻尾をぶんぶんと振りまくっていた。

コリンのもふもふを堪能した後、しばらくみんなでのんびりした。

タロとコリンをもふった効果で、みんな癒やされたのだ。

タロとコリンも撫でてもらえて嬉しくて、しばらく余韻を楽しんでいた。

十分後、ミナトは「そうだ」と言って、サラキアの書を取り出した。

「ミナト、何を調べるのですかな？」

「えっとね、タロはコボルト神なのかなって」

ミナトはヘクトルが真実を確かめる手段を欲していたので、調べることにしたのだ。

「サラキアの書って何なのです？」

「えっとね、サラキア様からもらった知りたいことが書かれている本だよ」

サラキアの書を開くとミナトやタロが知りたいことが書かれたページが開かれる。

もちろん、サラキアの知らないことは書かれない。

たまにサラキアからのメッセージが書かれることもある。

そして、魔導師の杖のように、ミナトの魔法の増幅装置にもなるすごい本なのだ。

「神器なので、人智を超えているのですぞ」

ヘクトルがミナトの説明を補足する。

「ほえーすごい」

「ヘクトルとコリンとサーニャも一緒にみよ！」

「わふわふ～」

コリンは感心し、タロを撫でながら、タロと一緒にサラキアの書をのぞき込む。

「失礼して……」

「見ていいの？　ありがとね」

ヘクトルとサーニャは遠慮がちにサラキアの書をのぞき込んだ。

もちろん、ピッピとフルフルものぞき込んでいる。


【コボルト神】

至高神が地上に遣わした神獣の別称。主にコボルトたちが使う呼び名。

至高神は犬とコボルトを寵愛しているので、コボルトの窮地に神獣を送ることがある。
※ただしタロはコボルトの為に送られたわけではない。
とはいえ、至高神は、タロがコボルトを助けることを期待していなかったわけではない。


「へー。やっぱりタロはコボルト神だったんだ」

「タロ神様！」

「わふわふぅ！」

「ありがとうございます。これで神学の研究が進みますぞ」

ヘクトルは嬉しそうにお礼を言った。

「よかったー」

「あれ？　ミナト、続きがあるよ」

「む？」

サーニャに指摘されて、ミナトはもう一度サラキアの書に目を落とした。


【コボルトとコボルトの勇者】

コボルトは半人半聖獣の特殊な存在。

人でありながら、聖獣としての力も少し持っている。

コボルトの勇者とは至高神の聖女のように、至高神が力を与えた特別なコボルト。

通常のコボルトよりも強く、成長度も高い。聖獣としての力が他のコボルトよりも強い。

当代のコボルトの勇者はコリン。


それを読んだみんなが、一瞬だまった。

「コリンが勇者だとサラキア様のお墨付きが出ましたぞ」

「すごい！　勇者って、かっこいいなぁ」「わふわふ〜」

ミナトとタロがうらやましそうにコリンを見る。

「え、えへへ。やっぱりあの預言者は至高神様の預言者だったです」

「……んー？　アニエス、ちょっときて」

サーニャは首をかしげてアニエスを呼んだ。

サーニャもコリンの集めた薬草が、ほぼ雑草であることを知っていたのだ。

だから、サーニャは預言者は偽物で、コリンを勇者だとも思っていなかった。

それはヘクトルも同じだった。

「どうしました？」

サーニャが呼ぶと、コボルトの大人たちと話していたアニエスがやってくる。

アニエスと一緒にマルセルまでやってきた。

ちなみにジルベルトはコボルトたちに、シチューの作り方を教えるので忙しそうだ。

「実はコリンは本当に勇者だったのだけど、力を与えたのは至高神様で――」

サーニャから説明されて、アニエスは険しい顔になる。

「サラキアの書を見せていただいても？」

「いいよ！」

アニエスとマルセルは一緒にサラキアの書のコボルトの勇者の項目を読んだ。

「本当に書いてますね……」

「勇者なのは間違いないとなると……」

アニエスとマルセルが考えたのは「あの預言者は何者だ？」ということだ。

それはサーニャもヘクトルも同じだった。

「わふ！」

その時、タロが「サラキアの書を見て！」と吠えた。

「ん？　サラキアの書に何かあった？」

ミナトたちはみんなでサラキアの書をのぞき込んだ。

※ミナトとタロへ。
コボルトの勇者コリンは、まだ勇者として目覚めていないの。

未熟な、いわば勇者の雛というべき状態。

だから、至高神はコリンの身に起きたことを把握していないわ。

それに、至高神はコリンにまだ神託を授けていないの。


「まだ勇者じゃないんだ。ほえ～」

「わふ～」

サラキアと至高神は、使徒や神獣、聖人や聖女の目を通して地上の出来事を把握する。

コリンはまだ勇者の雛だから、至高神はその目を通して、地上を観察できないらしい。

「そっか。コリンの身に起きたことは、至高神様もしらないんだね」

知らなければ神といえども何も出来ない。

サラキアはコボルトたちが引っ越したことも知らなかった。

ミナトたちをコボルトたちがいない過酷な環境に送ったのもそのせいだ。

「なるほど。神託はまだ下っていないのですね」

「アニエスの時の神託ってどんなかんじだったの？」

ミナトが好奇心に目を輝かせて尋ねる。

「言葉では説明が難しいのですが、ある日突然、自分が聖女だとわかります」

「あなたは聖女だっていう、至高神様の声が聞こえるの？」

アニエスは首をゆっくり横に振った。

「そういうわけではなく、自分が聖女だということを理解するのです。知るのではなく理解です」

「へ～。よくわかんないや」

「あの感覚は聖女や聖人以外だと、わからないかもしれませんね」

「過去の聖人聖女の記録でも、同じようなことが書かれていました」

「マルセル、詳しいわね。神官でもないのに」

「賢者の学院を出ていますから」

どこか自慢げにマルセルが言う。

そんなことを話している間、コリンは真剣な表情で考えこんだ。

「コリン、まだ若いんだから、未熟って言われても気にしないでいいんだよ？」

「わふふぅ」「ぴぃぃ」「ぴぎ！」

サーニャが慰めの言葉をかけて、タロがコリンをベロベロ舐める。

ピッピはコリンの肩にとまって「僕も未熟なんだ」と鳴きながら体を顔に押しつける。

そして、フルフルはコリンの頭の上でプルプルした。

「そうじゃなくて、いえ、たしかに僕は未熟者ですけど……、それは気にしてないです」

コリンはミナトたちを見て小さく言った。

「じゃあ、僕に勇者だって言ったのは誰です？」

「わふわふ！」

そのとき、またタロが鳴いて、サラキアの書に続きが書かれたことを教えてくれた。

「ありがと。タロ」

「わふ～」

タロを撫でながら、ミナトはサラキアの書を読んだ。

※※重要※※
コリンに勇者だと告げた者は村に瘴気を撒いた者と同一人物である可能性も考えて。

ミナト、タロ。まだコリンは勇者の雛だから、先輩として面倒を見てあげて。
※ヘクトルへ
至高神からの伝言。

『汝、タロへの忠節大儀。ほこらの前で祈るがよい』

神殿でタロに祝福した至高神のミスをカバーしたお礼だって。
※こうやって手紙を書くのは、非常に疲れるの。
だから、しばらく手紙を書けないと思ってね。

おいしいクリームパンとあんパンを供えてくれてありがと。


しばらく待ったが、それ以降サラキアの書に続きが書き込まれることはなかった。

「……直接お言葉をくださるとは……身に余る光栄」

ヘクトルはその場で跪く。

一方、アニエスがコリンを優しく見つめながら言った。

「コリン。少しお話を聞かせてもらっても良いかしら」

「もちろんです」

サラキアの書によってわかったことは沢山ある。

特に最後にサラキアが書いてくれたことは非常に重要だ。

コリンが勇者だと伝えた人と、瘴気を撒いた者が同一人物かもしれない。

そうサラキアは考えたらしい。

「その勇者だと伝えた人はどんな人でしたか？」

「えっと、フードを深く被っていて、よくわからないですけど、多分人族？　だったと思うです」

「その人には怪しい素振りはありましたか？」

「わかんないです……」

「ふむ～？」「わふ～？」

ミナトとタロが考え込むと、アニエスが言う。

「もし、その人と瘴気を撒いたのが同一人物だとすると……」

「余程高位の呪神の神官、いや使徒でもおかしくないかもしれませんね」

マルセルの言葉にアニエスは頷いた。

「導師クラスでも、勇者かどうか見分けることは難しいですし。覚醒前ならなおさらです」

「ふむむ～」「わふぅ～」

「少なくとも、呪神の高位神官がコボルトの村に目をつけたのは間違いないでしょうな」

ヘクトルが深刻な表情でそう言った。

「村に呪いを振りまいたのは、呪神の使徒だと考えた方が自然ですね」

そう言ったマルセルに、アニエスが尋ねる。

「使徒の目的は何だと思いますか？」

「……わかりません。いまわかっていることを整理してみましょう」

「おねがい」「わふ」

「呪神の手の者は瘴気を撒いて病気を流行らせ、コリンに勇者だと告げ村を救うように言った」

マルセルの言葉を聞いてみな黙って考える。

「意味がわからないわ」

最初に口を開いたのはサーニャだ。

「ぴぃ～？」「ぴぎっ」

ピッピとフルフルが鋭い声で鳴いて、皆の注目が集まる。

「あ、そっか」

「ミナト、ピッピとフルフルは何て言ってるの？」

「えっとね。支配しようとしたんじゃないかって」

「支配？　リチャード王やピッピのお父さんのパッパみたいに？」

「そう。そしてこの子みたいに」

ミナトは鞄の中で眠る幼竜を皆に見せる。

「確かに呪神の信徒は支配にこだわっているように見えますね。マルセルはどう思いますか？」

アニエスに尋ねられて、マルセルは少し考えた。

「コリンは覚醒前とは言え勇者なので、強力な呪者を用意しないと支配するのは難しいでしょう」

「むむう。そうかも」「わふわふ」

聖獣であるピッピの父、パッパを支配するよりも大変かもしれない。

「支配するのが難しい場合、呪神の信徒たちは痛めつけて体力と精神力を削ります」

ミナトは無言で幼竜を抱きしめる。

幼竜は徹底的に痛めつけられて支配されていたのだ。

「支配しやすくするために、コリンの心を折りにいったのでは？」

「………」

アニエスは黙って、コリンを見る。

コリンでは熊には勝てない。熊に挑むことすらできないだろう。

だから、コリンは自分を責める。

そんなコリンが代わりにと必死に集めた薬草は、役に立たない。

コリンがミナトに会わずに村に帰ったら、薬草で村人を治療しようとしたはずだ。

そして、村人は治らずにどんどん死んでいく。

コリンはさらに自分を責め続けるだろう。

コリンの心が折れたところを、支配しようとしたのかもしれない。

「うーん」

だが、ミナトが首をかしげる。

「どうしました？」

「あのね？　マルセル。コボルトさんたちは聖獣でしょ？」

「半人半聖獣ですけど、まあ聖獣と言っていいですね」

「僕、呪われて呪者になりかけた聖獣さんにあったことあるよ？」

ミナトとタロがこの世界に来てまだ間もない頃のことだ。

呪われた聖獣たちが助けを求めてミナトの元にやってきた。

「呪いが進行したら、死んじゃうんじゃなくて、別のものになる気がする」

そう言って、ミナトはサラキアの書を取り出した。

サラキアは疲れているので手紙は書けないが、本来の使い方はできる。

本来の使い方とは、わからない事を調べることだ。


【呪いが進行した精霊・聖獣】

呪いをかけられた精霊と聖獣は、徐々に蝕まれていき、最終的に呪われし者になる。

ミナトに助けられる前の湖の精霊メルデの状態が呪われし者。

呪われし者と呪者は違うので注意。


「やっぱり」

「ですが、コボルトたちは呪われてはいなかったんですよね」

「そうだけど……」「わふふ……」

ミナトとタロが考えていると、サーニャが言う。

「体を弱らせてから呪う予定だったとかじゃないの？」

「……そうかも？」「……わふ」

コボルトたちは半分聖獣なだけあって、呪いへの耐性は非常に高いのだ。

使徒クラスでなければ、容易に呪うことはできないだろう。

「つまり、この村に来たのは使徒本人ではないのかも？」

「それならば、使徒はなにをしているんでしょうね？」

マルセルはそう言って真剣な表情で考える。

「判断材料が少なすぎますね。考えても仕方ないかも」

アニエスがそう言うと、マルセルは頷いた。

しばらく考えていたサーニャが「あっ」と呟いて、マルセルを見る。

「マルセルの、勇者の心を折る作戦説だけど、コリンは死んでいたかもしれないじゃない？」

サーニャの疑問はもっともだ。

ミナトに会わなければ、そもそもコリンが死んでいた可能性も高い。

しかも、コリンを追い詰めたのは呪者である。

コリンは呪者と戦ったせいで、倒れて死にかけたのだ。

「死んでもそれはそれで構わないと思ったのでは？」

そのぐらいで死ぬならば、死ねばいい。生き残ったら見込みがあるから支配する。

そのぐらいの発想をしてもおかしくはない。

「もっとも、全部私の推測ですけどね」

マルセルはそう言って、アニエスを見た。

暗い雰囲気になったところで、ミナトが言う。

「まあ！　わかんないならしかたないね！」

「わふ～」

「そだね！　あ、そうだ！　ヘクトル、ほこらで祈ってみようよ！」

「よろしいですかな？」

「もちろん！」「わふ～」

ヘクトルは真剣な話が続いていたので、祈りたいのを我慢していたのだ。

ここはほこらに近いが、ほこらのすぐ前ではない。

だから、みんな一緒にほこらのすぐ目の前まで移動した。

「なにが起こるのかしら……」

「タロ様に祝福されたのをアニエスが祝福されたように誤魔化した件でしょ？　大丈夫？」

アニエスとサーニャは心配そうだ。

「まさか、神罰が下ることはないと思いますが」

「はわわ」

マルセルとコリンは少し心配そうにヘクトルの様子を見守っている。

だが、ミナトとタロはいつも通りだ。

「あ、そうだ。色々教えてくれたお礼にあんパンを供えておこう」

「わぁぅ！」

タロは「それがいぃ！」と賛成する。

「えっと、この像に……」

ミナトはサラキアの鞄からあんパンを二個取り出すと、ほこらに供える。

「サラキア様、至高神様、美味しいあんパンです。食べてください」

「わふわ～ふ」

そうミナトとタロが祈りを捧げると、あんパンはスーッと消えた。

「え？　消えたです？　え？」

「びっくりしますよね。うんうん」

最初見たとき、自分も驚いたアニエスがどこか嬉しそうに頷いた。

ミナトとタロがあんパンを供えた後、ヘクトルはほこらの前で跪いた。

「天にまします至高なる神よ。卑小にして罪深き我を救い給え。赦し給え……」

すると、雲の合間からピカーッと光が差して、ヘクトルに当たる。

「……お、おお……」

ヘクトルは空を仰ぎ見て、涙を流している。

「どした？　ヘクトル」「わ〜う？」

「ミナト、タロ様。私は幸せ者ですな」

「それはよかったよー」「わふぅ〜」

ポロポロ涙を流すヘクトルを十秒ほどミナトとタロは黙って見守った。

「で、至高神様に、なにをもらったの？」「わふふぅ〜？」

ミナトとタロは好奇心に満ちた目でヘクトルを見つめている。

「腰痛や肩こり、関節痛を癒やしていただきました……」

「それだけ？」「わわふ〜？」

「それだけではありませぬぞ。目と耳、筋肉、心肺機能も少し強めていただきました」

「へー？」「わぁ〜？」

若いミナトとタロにはありがたさがわからなかった。

口には出さなかったが、若いコリンやマルセルたちも同じようなことを思っていた。

アニエスだけは「おお〜」と驚いている。

「それだけとはとんでもないことですぞ？　これがいかにありがたいことか！」

だが、ヘクトルは力一杯そのありがたさを説明する。

「老化による衰えで起こる腰痛などには治癒魔法は効かないのです。もっとも——」

ぎっくり腰などの急性の痛みのほとんどには治癒魔法は効く。

だが、慢性的な痛みには効かないことも多い。

「そうね。治癒魔法が効かない腰痛も多いわね」

治癒魔法の世界的第一人者、アニエスもうんうんと頷く。

「そうなの？」「わふ？」

「そうなのですよ。内臓が弱ったり、目が見えにくくなったり、耳が聞こえづらくなったり」

それら一つ一つは疾患と言っていいかもしれない。

だが、加齢によって誰にでも起こることだ。

「疾患といえば疾患だけど、筋肉が衰えたり、顔にしわができたりするのと同じなの」

「なるほど～」「わふ～」

加齢による疾患、つまり衰えを全て治癒魔法で抑えられるのであれば、人は不老になれる。

「ヘクトルが苦しんでいたのは、加齢による疾患で、それを治してくれたってことね」

「至高神様が、これまで以上にタロ様に尽くすようにとおっしゃっているのでしょうな」

そして、ヘクトルはタロに跪いた。

「これからも。どうかよろしくお願いいたしますぞ」

「わぁぅわふわふ」

タロは「よろしくね」と言いながら、ヘクトルの顔をベロベロ舐めた。

それから少しの間、ヘクトルは体を動かす。

腰痛や関節痛が無くなった状態でどのくらい動けるのか確かめたのだ。

「おお、素晴らしい。腰が痛くないというのがこれほど快適だとは……」

ヘクトルはしばらく感動していた。


感動したヘクトルが体操しているところにジルベルトがやってきた。

「どうした？　ヘクトル。腰でも痛いのか？」

「至高神様に感謝しているところですぞ」

「へー」

変わった祈りの仕方だなと思ったが、ジルベルトはスルーした。

信仰の表明方法は人それぞれだからだ。

「ジルベルト、実は……」

アニエスが分かったことを、ジルベルトに説明する。

「それは危ないな」

説明を受けたジルベルトが唸るように言う。

コボルトの村の病の流行に呪神の使徒が関わっていたかもしれない可能性がある。

しかもコリンは使徒に目をつけられている可能性が高い。

これは非常に危険な状態だと言えるだろう。

実際、コボルトの村は瘴気をばらまかれて、病気で滅びかけたのだ。

そのうえ、コリンは呪者に襲われて死にかけもした。

「アニエスは、どうしたらいいと思う？」

ジルベルトはパーティのリーダーであるアニエスに尋ねる。

「……そうですね」

アニエスは深刻な表情で考えている。そう簡単に結論は出せない。

コボルトを保護するにしても、この村に神殿騎士の小隊を常駐させるのは難しい。

神殿騎士は忙しく、人員に余裕などないのだから。

それに呪神の幹部信徒が本格的に襲ってきたら小隊程度では対処できない。

だからといって、移住させるとしても、コボルトたちにも生活がある。

それに、住む場所をどうするのかという問題だってある。

大人たちが深刻に話し合い始めた横で、ミナトが明るい声で言った。

「でも、よかったね！」

「よかったです？」

どうやら大変なことになっているらしいと思っていたコリンが困惑の表情を浮かべる。

「ミナト、よかったってことはないだろう？」

「そう？」

「ああ、呪神の使徒に目をつけられたかもしれないんだ。危険だろ」

「でも、呪神の使徒の計画は失敗したよ！」「わふわふ～」

アニエスがハッとした表情を浮かべる。

「……確かにそうですね」

「コリンは助かったし、病気の人も治った！」

「きっと、呪神の使徒はくやしがっているです？」

「きっとそう！」「わ〜ふわふ！」

「やったーです！」「ぴぃぴ〜」「ぴぎぴぎっ」

コリンとピッピ、フルフルが嬉しそうにぴょんぴょん跳ねる。

「やったね！」「わふわふ〜」

ミナトとタロも嬉しくなって、コリンたちと一緒にはしゃいでいる。

「……ミナトの言うとおりですな。後のことは大人が考えれば良い」

「そうですね。ミナトのお陰で間に合って、手を打てるのだから」

「いいこと。そうね、確かに、ミナトの言うとおりね！」

大人たちに笑顔が戻り、子供たちは楽しそうに遊び始めた。

「まず、村長と相談しましょう」

「そうですな。とりあえず、まずは神殿で保護する方向で考えますかな」

「いざとなれば、じいちゃんに頭を下げるか……」

「ジルベルトのじいちゃんって、剣聖伯爵だっけ？」

サーニャが首をかしげながら尋ねた。

「そうだ。三十人程度なら領民として受け入れることもできるだろ。多分」

そんなことを話しながら、アエニスたちが村長と相談するために、移動していく。

「わふ〜わふ！」

すると難しい話が終わったと判断したタロが「走ってあそぼ」とミナトにじゃれついた。

タロは、ミナトに棒を投げてもらって取ってくる遊びがしたかったのだ。

「ん。だめ！」

「……きゅーん」

すごい勢いで振られていた尻尾がしゅんと力なく垂れ下がる。

「さっきご飯食べたでしょ！」

「ぴぃ〜ぴぃぃ〜」

「いねんてんになるでしょ！」

「ぴぴぃ〜〜」

神獣だから大丈夫とタロは鼻を「ぴぃぴぃ」鳴らして甘えた。

実際、神獣なのでタロは食後に全力で走っても問題ない。食べながら走っても良いぐらいだ。

「だめ！」

だが、ミナトは許可しなかった。

「きんきゅうのとき以外だめ！」

「ぴぃ〜」

「だから神像つくってあそぼ」

「わふわふっ！」

タロはたちまち尻尾を勢いよく振り始める。

タロも神像を作るのが大好きなのだ。

「コリンも神像つくろ？」

「うーん、あ、僕は薬を作るです！」

「いいね！」「わふわふ！」

ミナトは魔法で水を出すと、土と混ぜて泥にする。

「これがタロの」

「わふ～」

「これが僕の」

泥を分けて、こねこねし始める。

ピッピとフルフルも泥あそびをし始めた。

「もう、よごれちゃうよ？」

「ぴぴい！」「ぴぎっ！」

ピッピとフルフルは「あとで洗って！」と言いながら泥だらけになる。

「いいよ！　あとでね！」

ピッピとフルフルは、ミナトの水魔法で体を洗われるのが大好きなのだ。

コリンは道具を持ってくると、袋から枯れかけた薬草を取りだした。

「薬ってどうやって作るの？」「わふ～？」

ミナトとタロは、神像を作る手と鼻先をそれぞれ止めずに尋ねた。

「まず、すり鉢で薬草を、ペースト状になるまでするです！」

「すごい」「わふ～」

「んしょんしょ……」

二十秒ほど、コリンは一生懸命すり鉢で、薬草をすった後、急に手を止めた。

「あっ」

「どしたの？」「わふ？」

「この作り方を教わったの、僕が勇者だと言った奴です」

「なんと！」「わふわふ！」

どうやら、コリンが勇者だと伝えた後、薬の材料と作り方を教えたらしい。

そして、この薬を飲ませたら、村人を助けることができると言ったのだという。

「……あいつが呪神の使徒か、使徒の子分だったら、毒になるかもです」

「はわわ」「ばうう」

「ぴぃ～」

慌てるミナトとタロに、ピッピが「サラキアの書で調べたら？」と提案した。

「その手があった！」「わふ！」

サラキアの書ならば、薬の作り方も載っているはずだ。

「さっそく調べてみよう！」

ミナトは泥だらけの手で、サラキアの鞄からサラキアの書を取りだした。

「手を洗わなくていいです？」

「だいじょうぶだよ！」

サラキアの鞄も書も、ミナトが泥だらけの手で触ってもほとんど汚れなかった。

「泥の中に落としたこともあるけど、泥がつかなかったもん」

「すごいです」

サラキアはサラキアの書に特殊加工を施していた。

泥水が付いても、しみこまないし、弾くのでパパッと払うか水をかければすぐ落ちる。

似た機能はサラキアのナイフやサラキアの服や靴、鞄にも備わっている。

サラキアは、五歳児が丁寧に綺麗に使うわけがないと考えていたし、実際その通りだった。

「えっと、まず薬草について調べよう！」

ミナトはサラキアの書を開き、それをタロとコリンがのぞき込んだ。


【レトル草】

薬草。

単にすりこぎでペーストにして傷口に当てると少しだけ止血効果がある。
※飲んだら毒なので、けして飲んではいけない。

※飲んだ場合、下痢、嘔吐などの症状が出る。
※飲み薬にするためには技術が必要。

「ほほう。血を止めるだけなら結構簡単だね」

「わふ～」

「タロでもできる？　ほんと？」

「わふぅわふ！」

タロはペーストにする自信があるようだった。

「……あいつはペーストにするだけで良いって言ったです」

「止血効果のある薬？」

「はいです。ペーストにするだけだから僕にもできるって思ったです」

だからコリンは張り切って、一生懸命レトル草を集めたのだ。

「みんなに、毒を飲ませるところだったです」

「……わふ」

落ち込むコリンをタロがベロベロと舐めた。

みんなを治そうとコリンが薬を作って飲ませたら、みな苦しみ出しただろう。

体力を失っていた者なら命を落としてもおかしくない。

それを見たコリンは自分を責めただろう。心も折れたかもしれない。

落ち込むコリンにミナトは明るく言う。

「よかったね！　悪い奴のたくらみをふせげた！」

「わふわふ～」

「そ、そうだったです！　危なかったです！」

少しだけ笑顔が戻ったコリンをみて、ミナトは続ける。

「でも、ちゃんと飲み薬にもできるんでしょ？　作り方を調べてみよ！」

ミナトはサラキアの書のページをめくった。

【レトル薬とその作り方】
レトル薬とはレトル草から作られた飲み薬。
効果は滋養強壮。病後の回復の促進。
頭痛、関節痛の鎮痛。解熱、鎮咳など。
作り方
ゆっくりと魔力を込めながら、すりこぎ棒で丁寧にすってペースト状にする。
ペースト状になった物を、魔力を含んだ熱風で急速に乾かし固形にする。
神聖力を込めた綺麗な水を少しずつ混ぜて、再びペースト状にする。

ペースト状にした物に熱と神聖力を加えて固めつつ、小指の先の半分ほどの大きさに丸める。

神聖力を込めた風で急速に乾かせば完成。


「結構難しぃね？」

ミナトは頭の中で工程を想像する。

「あーやって、こーやって、ふむ……ふむ？　むずかしいけどできそう？」

「魔力とか神聖力とか、僕にはできないです……」

「わふ～」

がっかりしたコリンを慰めようと、また、タロがベロベロと顔を舐めた。

「ぴぃ～」

「うん、僕は神聖力とか魔力とかだすの得意だけど」

「ぴぎっ？」

「そう。僕が作ってもいいのだけど……」

コリンは自分で作りたいだろうとミナトは思ったのだ。

「わふわふ～？」

「あっ！　そうだね！　タロ頭良い！」

「わぁぅ！」

「コリン、僕と契約する？」

　コリンはきょとんとして首をかしげる。

「契約です？　なんなのです？　それは」

「えっとね、契約っていうのは使徒が精霊や聖獣に名前をつけて友達になることだよ！」

「ぴぃ～」「ぴぎ～」

「そだね。ピッピとフルフルの言うとおり！　契約すると使徒も精霊や聖獣も強くなるんだ」

「ほえー」

　ミナトも、精霊、聖獣たちもステータスが向上したりスキルを手に入れたりできる。

「僕も契約できるです？」

「コリンは半人半聖獣って、サラキアの書に載ってたし、多分できると思う」

「ほえー」

　コリンの目が少し輝いた。

「僕が貰えるスキルは色々なんだけど、聖獣が手に入れるスキルは解呪とか瘴気払いなの」

「解呪と瘴気払いです？　それってどういう？」

「えっとね。解呪っていうのは――」

　ミナトは丁寧に説明していった。

「解呪も瘴気払いも神聖力を使うから、薬作りにも役立つかも？」

　ミナトがコリンに契約しないかと言い出したのは、これが理由だった。

「わふ～？」

「あ、そうだね。サラキアの書で本当に役立つか見てみよう」

そう言って、ミナトはサラキアの書を開いた。


【契約した聖獣、精霊と神聖力】

もともと聖獣、精霊は神聖力を持っている。

使徒との契約により、その神聖力は強化される。
※製薬に使えるかどうかは練習次第。

「練習次第だって」

「つまり不可能じゃないってことです？」

「そうだね！　契約する？」

「ご迷惑じゃないです？」

「全然迷惑じゃないよ！」

「わふわふ～」

「ミナト、タロ様……ありがとうです」

遠慮していたコリンもタロに「契約しよ！」と勧誘されて、ついに同意した。

「あ、契約には名前をつける必要があるんだけど、もうコリンは名前もってるもんね」

「はいです」

「こういう場合どうすれば良いんだろ？」

そう言って、ミナトはサラキアの書を開く。


【名前を持つ聖獣、精霊との契約の際の名付け】
1、その名前を改めてつける。(例フルフル)
2、新しく別の名前をつける。
3、ミドルネームやファミリーネームの要領で名前を加える。(例○○→○○・□□)

「あ、そっか。フルフルも元々フルフルだったね？」

「ぴぎ～」

何十年も前にフルフルと名付けたのは、幼少期のリチャード王だ。

「これで、問題はかたづいた……」

ミナトが厳かに言うと、

「わふ～」

タロも厳かにお座りして尻尾を揺らした。

「は、はいです。よろしくです」

「じゃあ、契約いくよ！　君はコリン！　よろしくね」

ミナトがコリンに触れて宣言すると、ピカーッと光って契約が終わった。

「おわったです？」

「うん！　終わったよ！　よろしくね！　なにか変わった感じある？」

「なんか、強くなった気がするです！　それに瘴気を払えそうな気がしてきたです」

「そっかー」

そんなことを話していると、ジルベルトが遠くから声をかけてきた。

「ミナト、タロ様、それにコリン。話し合いが終わったから来てくれ」

「わかった！」「わふ」「わかったです！」

神像作りのための泥と薬作りのための薬草をその場において、ミナトたちは走り出した。


ミナトたちがみんなの元に移動すると、アニエスが説明してくれる。

「ここから北に三日ほど進んだところにある街の神殿に保護を求めようと思います」

「王都の神殿じゃないの？」

北に三日進むのなら、南に三日戻って王都に向かった方が確実だとミナトは思った。

王都にはパッパも、リッキー王も神殿長もいるので安心だ。

「暴れている聖獣がいるのが、そちらの方角なのです」

「なるほど～」

ミナトたちは暴れている聖獣がいるという情報を聞いたから北に向かっているのだ。

「使徒様。我らコボルトは今は採集、狩猟をして暮らしていますが、得意なのは農業と牧畜なのです」

村長はミナトに丁寧に語る。

「あ、そっか。王都には余っている畑がないってこと？」

「そのとおりなのです」

「わふわ～ふ？」

「タロ神様は我らが昔いた場所をご存じなのですね。はい、その場所で暮らしておりました」

タロの言葉がわかる村長が、通訳なしで返事をする。

ミナトとタロが、この世界に送り込まれたときに降り立った場所は、コボルトの元住処だ。

「わふわふ～？」

「はい。飼っていた牛は呪者に殺され、畑も呪者に完全に潰されました」

「わふ……」

そして住処は瘴気に覆われ、コボルトたちはここに避難してきたのだ。

「アニエス。北の街には畑があるの？」

「はい。神殿が持つ畑があります。耕作者が足りなくて困っているようですし」

「ならちょうど良いね！」

「わふわふ～」

「『ありがとうございます。タロ神様』」

「わふ！」

「で、ですが、タロ神様はタロ神様ですし」

村長の返事で、タロが何を言ったのか理解したアニエスが言う。

「タロ様は神獣であることを隠しておられるのですよ」

「なんと」

「ですから、タロ神様と呼ばれて正体がばれるのはよくないのです」

「そういうことでしたら……」

「僕のこともミナトって呼んでね！　様はつけないで！　使徒だとかくしているからね！」

すかさずミナトも主張した。

村長たちは使徒様を呼び捨てにするなんてと言ったが、ミナトは強く要望して説得したのだった。

「ジルベルト、いつ北の街に向けて出発するの？」

「明日の朝に出発する予定だ。できるだけ早く出発した方が良いが病み上がりが多いからな」

「そっかー」

村人の病気はミナトが完全に治している。だが、体力は落ちているのだ。

「俺たちだけで街に向かって迎えをよこそうかと思ったんだがな」

「あ、悪い奴が来るかもしれないもんね？」

「そういうことだ」

呪神の使徒の計画は失敗した。その腹いせに襲ってくる可能性はそれなりにある。

だから、全員で街に向かうことにしたのだ。

「本当は一週間ぐらい様子を見た方が良いんだが……」

「暴れているという聖獣のお話もありますし、あまりゆっくりしていられないのです」

アニエスが不安そうに言う。

「我らのために、ミナトとタロ様のお手間を取らせて……」

「気にしないで！　呪神の使徒の計画をつぶせたからね！」

「わふわふ！」

呪神の使徒の計画を潰せたなら、それは充分な成果である。

無駄な寄り道などではない。

「アニエス。その暴れている聖獣ってどのあたりにいるの？」

ミナトが尋ねると、アニエスは地図を取り出した。

「えっと、今いるのがここです。王都がここ、北の街がここで……情報があったのはここです」

「ふむふむ～」

暴れている聖獣がいるという場所は北の街の近くの山だ。

「山なんだね」

「ええ。ここからでも見えますよ。あの山です」

アニエスは北の方角を指さした。

「あの大きな山が目立ってますが、その手前にある山も相当大きいんですよ」

「手前の小さな山が目的地？」

「はい。でも小さくないですよ？　頂上付近は白いでしょう？　夏でも雪が解けないんです」

「今の時季ならもう吹雪いたりするよ？」

アニエスとサーニャが山の状況を教えてくれる。

「ふえー寒そう。……あの山の後ろにあるもっと高い山は？　暴れている聖獣はいないの？」

その山は地図上でも、大きく表示されている。

「そちらは氷竜の住まう山ですね。呪神の使徒とは言え、手を出さないでしょう」

「氷竜はみな強いのですが、氷竜王は神獣に近い存在だと言われています」

マルセルが丁寧に説明してくれた。

「わふ？」

「タロぐらいつよいの？」

「タロ様の方が強いと思いますが……、わかりません。人とは差がありすぎるのです」

差がありすぎて、どのくらい上か測る事すらできないようだ。

「……あ、竜に、この子のことを相談したいかも」

ミナトは鞄の中で寝ている聖竜の子を撫でる。

「それは難しいですよ。標高が高すぎて人が立ち入れる領域ではありませんから」

「そんなに？」

「ええ、空気が薄すぎて、息ができなくなるとか。それに寒さも尋常ではないらしいです」

「ふえー。怖いねー」

「はい。怖いです。その情報も七合目辺りまでたどり着いた探検家の話ですし」

「マルセル！　その話きかせて！」「わふわふ」「ききたいです！」

ミナト、タロ、コリンが目を輝かせた。

「大昔の話ですから、あまり詳しい記録は残っていないのですが――」

「それでもいいよ！」「わふ～」「はいです！」

「それでは、軽く……その探検家は、山に登ることで神に近づこうとしたそうです」

最も天上に近い場所で神に祈ろうと考えた探検家は仲間を集めた。

熟練の戦士、経験豊富な狩人、当代一の治癒術師、それに最強の魔導師三名。

「魔導師が多いんだね？」

「魔法で風雪を防ぎ、暖をとりながら進んだそうですからね」

ＭＰはいくらあっても足りなかっただろう。

「それでも、息が出来なくなり七合目から上には行けなかったと」

「空気が薄かったから？」

「そのとおりです。いかに優れた防寒具を身につけていても、空気はどうにもできませんから」

「なるほど～」

人は誰も頂上にはたどり着けていないらしい。

「……きになる」

危険な場所への好奇心が抑えられない様子のミナトを見て、ジルベルトが話を変える。

「ミナト、そんなことより、勇者コリン以外のコボルトたちとも契約ってできるのか？」

どうやら、ジルベルトはコリンと契約したことに気づいていたらしい。

「できると思うよ？　だって、コボルトさんは半分聖獣だし」

それを聞いたコボルトたちがざわめいた。

「使徒さ、いえ、ミナト、どうか私どもとも契約していただけませんか？」

「もちろん、いいよ！　ぼくからもおねがいしたいぐらいだよ！」

コボルトたちの尻尾がぶんぶんと揺れた。

「サラキア様の使徒様と契約できるなんて」

「きっと、私はこの日のために生まれてきたんだ」

心の底から感動しているようだった。

これまでミナトが契約してきた聖獣たちより感動している。

「そんなに？」

「そんなにです！　それほど我らにとっては嬉しいことなのです！」

「至高神様やサラキア様、そしてタロ様……コボルト神様に仕えることが我らの喜びです」

「ふえー」「わふ～」

驚くミナトとタロに、コボルトたちは続ける。

「我らを犬と蔑むものもいますが、我らは堂々と言い返します」

「我らは神の犬だと。誇り高き神の犬なのです」

「そうなんだ、すごい」

「はい！」

犬は人に忠誠を捧げる。

それとは少し違うが、コボルトたちは神に信仰を捧げるのかもしれなかった。

「じゃあ、契約するね！　君は――」

ミナトはコボルトたちの元から持っている名前を改めて与えて契約をすませたのだった。


「みんな、調子はどう？」

契約を済ませたコボルトたちにミナトが尋ねると、

「おお、瘴気を払えそうな気がしてきましたぞ」

「体が軽い気がいたします！」

「治癒魔法を使えそうな気がしてきました！」

コボルトたちは尻尾を振って、大喜びだ。

「調子がいいなら、よかったよ！」

本来、精霊や聖獣は瘴気や呪いを払うことはできない。

瘴気や呪いを払うのは、アニエスのような聖女や聖者の役割なのだ。

聖獣は呪者を倒し、精霊はその場に呪者を寄せ付けないのがその役割だ。

一旦、呪われてしまえば、精霊も聖獣も蝕まれて、呪われし者になる。

呪われし者は、救われる前の湖の大精霊メルデのような異形の存在だ。

「これからは弱い瘴気や呪いを払えるからね！」

「ありがとうございます！」

「こちらこそありがとうだよ！　契約すると僕も強くなるんだ」

「わふ！」

「あ、そうだね！　サラキアの書でステータスを確認してみよっか」

ミナトはサラキアの書を開き、皆、さっと目をそらした。

人のステータスを見るのは失礼なことだからだ。

ミナト（男／5歳）
ＨＰ：４１２／４１２↓４２７　ＭＰ：５７０／５７０↓６００

体力：４１６　魔力：５２８↓５３５　筋力：３６０↓３７１　敏捷：４０１↓４６０

スキル

「使徒たる者」

・全属性魔法スキルLv7↓9　・神聖魔法Lv23↓30　・解呪、瘴気払いLv65↓95

・聖獣、精霊と契約し力を借りることができる　・言語理解　・成長限界なし　・成長速度＋

「聖獣、精霊たちと契約せし者」

・悪しき者特効Lv２５５↓２８５

・火炎無効（不死鳥）　・火魔法（不死鳥）Lv１３６　・隠れる者（鼠）Lv72

・索敵（雀）Lv43↓44　・帰巣本能（鳩）Lv28　・鷹の目（鷹）Lv75

・追跡者（狐）Lv84　・走り続ける者（狼）Lv50↓53　・突進（猪）Lv30

・登攀者（山羊）Lv25　・剛力（熊）Lv48

・水魔法（大精霊：水）Lv１３２↓１３７　・水攻撃無効（大精霊：水）

・毒無効（スライム）　・状態異常無効（スライム）

Ｎｅｗ

・細工者（コボルト）Lv30　・回避する者（コボルト）Lv60

契約者

聖獣２２３体

・不死鳥2羽　・ネズミ70匹　・雀42羽　・鳩25羽　・鷹10羽　・狐12匹

・狼5頭　・猪3頭　・ヤギ2頭　・熊2頭　・スライム20匹
New
・コボルト30人
精霊1体
・湖の大精霊メルデ
称号：サラキアの使徒
持ち物：サラキアの書、サラキアの装備（ナイフ、衣服一式、首飾り、靴、鞄）

「おおー、強くなってる！」

「わふわふ！」

「ありがとありがと、すごいかなー？　でもタロの方がすごいし」

「わぁぅわう！」

タロはミナトのことをベロベロ舐めまくった。

ミナトはコボルトと契約したことによる成長以外に、熟練度上昇でも成長している。

ミナトとタロはあまり気にしていないが【成長速度＋】の効果はとても高かったのだ。

楽しそうにステータスを確認しているミナトに、ジルベルトが言った。

「ミナト、ステータスは人に見られないところで確認したほうがいいぞ」

「そうなの？　でも知られて困ることじゃないし……」「わふ〜？」

「そうは言っても、悪い奴はどこにでもいるからな」

「でも、ここにはいないよ？」「わふ？」

ミナトとタロは無邪気な目でジルベルトを見つめる。

「信用してくれるのは嬉しいけどな。こういうのは普段からのふるまいが大切なんだ」

「そうよ、ミナト。それに急にやられるとこっちはぎょっとしてしまうわ」

サーニャが優しく言う。

「そんなものかー」「わふ〜」

キャッシュカードに暗証番号を書いた付箋を貼っているのを見たようなもの。

悪用する気なんて無くても、ぎょっとする。

「気をつけるね！」「わふっ！」

それからミナトとタロ、コリン、そしてピッピとフルフルは夕食まで楽しく遊んだ。


夕食時、ミナトはみんなにクリームパンを配った。

ミナトが持つサラキアの鞄の中にはあんパンとクリームパンがたくさん入っているのだ。

「なんと美味しい……、ミナトから頂くパンはこの世のものとは思えないほど美味しいです」

「パンはほのかに甘くて、柔らかく、そしてクリームはしっとりしていて、しつこくなく」

「パンの甘さとクリームの甘さが調和しています。なんという美味しさ」

コボルトたちが感動しているのを見て、ミナトはとても嬉しかった。

そんなコボルトたちにヘクトルが言う。

「良かったら、あんパンとクリームパンの作り方をお教えしますぞ？」

あんパンとクリームパンは、ミナトに教えてもらった情報を基に神殿が開発した。

だから、神殿騎士のヘクトルは作り方を把握しているのだ。

「よ、よろしいのですか？」

「もちろん。そうでしたな。ミナト。タロ様」

「そう！　作り方がひろまった方が、どこでも食べられるようになるからね！」「わふわふ」

「ありがたい！」

ヘクトルとマルセルが作り方を細かく説明するのを、コボルトたちは熱心に聞いている。

メモを取り、質問をしながらだ。

「うまくできたら、自分たちで食べてもいいし、街で売っても良いよ！」

「ミナト、よろしいのですか？」

「うん！　いいよ！　ね、ヘクトル、材料は神殿からあげてね？」

「もちろんですぞ。材料費は後払いで結構です」

ヘクトルは無料であげると言っても遠慮深いコボルトは受け取らないから後払いと言った。

「ありがとうございます。本当に助かります」

「正直、街に行ってもどうやって当座のお金を稼ごうか悩んでいたのですが……」

「僕もうれしいよ！」「わふ～」

あんパンとクリームパンを売れば、コボルトたちも助かる。

そして、ミナトとタロはあんパンとクリームパンが普及して嬉しい。

神殿も材料を売ったお金が収入になる。

ミナトにもコボルトたちにも神殿にも損のないことだった。

夕食後もヘクトルとマルセルのあんパンの作り方講座は続いていた。

「あんこというのは、小豆を煮て……、小豆の産地は北方の……」

「ほうほう？　煮た小豆を漉《こ》すことでこしあんになると……」

「ミナト好みの砂糖と小豆の比率は……」

「パンは小麦粉を使った白パンが基本で……バターと卵、牛乳の比率は……」

「小麦の産地はどこがよいのです？」

「南方の……」

ヘクトルもマルセルも、ミナト好みのあんパンの作り方を熱心に研究したのだ。

だから、作り方は材料の産地を含めて完璧に頭に入っている。

コボルトたちは熱心にメモを取った。

コボルトは賢く、村内で子供を教育する習慣があるので、皆読み書きができるのだ。

「なるほど、なるほど。ちなみにクリームパンは？」

「クリームパンは……」

ヘクトルとマルセルも、丁寧にコボルトに説明していく。


一方、ミナトたちは、中断していたレトル薬作りに取りかかることにした。

夕食時にはまだ沈んでいなかった太陽が沈んだので、タロが灯りの魔法を使って周囲を照らす。

「全部で三つあったです！」

コリンが自分の家から予備のすり鉢とすりこぎ棒を持ってきてくれた。

「ありがと、コリン！　これで僕も作れるね」「わふわふ」

サラキアの書によれば、まず神聖力を出しながら、すりこぎ棒でレトル草をペースト状にするらしい。

「神聖力を出しながら、すりこぎぼうでごりごりしてー」

「ふむふむ〜です」

神聖力を出すのが得意なミナトが、手本を見せる。

すり鉢の中にレトル草を入れて、すりこぎ棒でゴリゴリしていく。

「手が光ってるです」

「神聖力だよ！」「わふ〜」

ミナトの手は、神聖力でまぶしいぐらいに光っている。

「神聖力ってそんなかんじで出すですね！」「わふわふ！」

コリンとタロは尻尾を振りながら、ミナトの作業をじっと見つめる。

「ミナトは何をしているのですか？」

そう尋ねたのはアニエスだ。

「レトル薬を作っているの！」

「レトル薬？　それってなんですか？」

「えっとね。コリンの集めた薬草でつくる薬！　サラキアの書に載ってたの！」

サラキアの書という言葉を聞いたとき、アニエスの表情が変わった。

「実は私は製薬スキルを持っているのですが」

「え？　すごい」「わふわふ！」「すごいです」

ミナトたちは尊敬の目でアニエスを見る。

神殿で作る薬の中には神聖力を込めて作る物も多い。

それゆえ、聖女であるアニエスは神殿で製薬の技術も学んでいるのだ。

「レトル薬は聞いたことがないので、どのようなものか教えてくれませんか？」

「いいよ！　えっとね、じようきょー……、サラキアの書を開いて見せてあげるね！」

内容が難しいので、ミナトはサラキアの書を直接見せることにした。

その方が口で説明するより早いと、ミナトは賢いので気づいたのだ。

ミナトはすりこぎ棒を動かす手を止めて、サラキアの鞄からサラキアの書を取り出して開く。

「ありがとうございます。効果は滋養強壮、頭痛、関節痛の鎮痛。解熱、鎮咳……」

アニエスは真剣な表情でレトル薬の作り方を読み込んでいく。

「風邪薬ですね。製法は……魔法と神聖力を使うのですね。難易度は高いです」

「そうなの？」

「はい、初めてでこれを成功させるのは難しいかもしれません」

「アニエスでも難しい？」

「難しいです。成功するまで何回も失敗すると思います」

「そんなに……」「わふ……」「大変です」

少ししょんぼりしているミナトたちに、アニエスは優しく微笑む。

「レトル薬は製法が失われた薬です。何十回、何百回でも失敗する価値があります」

「そうなの？　ただの風邪薬なのに？」

「はい。風邪は皆引きます。そして、風邪でたくさんの人が死にますから」

「おおー。頑張って作らないと」

「はい。それに材料が安価かつ簡単に手に入るのもいいですね」

これまでレトル草は使い道のほとんどない、雑草に近い草だった。

だから、生えているところには、いくらでも生えている。

「私も頑張って、作り方を練習しますね！」

「僕も練習するです！」

「アニエス、製薬スキルあるんでしょ？　作り方教えて？」

「んー。私の知らない薬なので……とりあえず作ってみて失敗しながらやるしかないです」

「そっかー。頑張る」

ミナトはレトル草のすりつぶしを再開する。

「ミナトは相変わらず神聖力がすごいですね。見事なものです」

「あの、アニエスでも失敗前提なんです？　サラキアの書に作り方が載っていてもです？」

「はい、薬はどうしてもそうなります」

「ほえー」「わふ～」

「神聖力を出しながらと書いていても、どの程度出すのかはやってみないと」

「ほえーです」「わふ？」

「ペースト状にもいろいろありますし……」

コリンとタロに説明しながら、アニエスもレトル草をすり鉢でゴリゴリし始めた。

それを見てコリンもゴリゴリする。

「わ～ふわふわふ～」

そんなミナトたちの周りを、タロは尻尾を振りながらぐるぐる回る。

タロはミナトたちを一生懸命応援しているのだ。

「ぴぃ～」「ぴぎぴぎっ」

ピッピとフルフルはミナトのすぐ近くで、作業を見守った。

「僕、神聖力だせてるです？」

「はい、出せてますよ！　コリンははじめてなのにすごいですね」「わぁぅ」

「よかったです！　でも、これ疲れるですね？」

「そうです。神聖力を使うのは疲れるんです。製薬は体力勝負なところがありますから」

アニエスが笑顔で言う。

一方、気合いが入りすぎたミナトは、神聖力を込めるたびに、変な声を出しはじめた。

「ふぬう〜〜ちゃちゃちゃっちゃあ！」

だが、ミナト自身は変な声を出していることに気づいていない。

一心不乱にすりこぎ棒でゴリゴリしている。

「ちゃあちゃあちゃあ」「ぁぅぁぅぁぅ」

そのミナトの声に合わせて、タロは応援しようと小さな声で鳴いていた。

「……ミナ」「…………」

アニエスは、ミナトに声をかけようとしてやめた。あまりの集中力に気おされたのだ。

コリンも手を止めて、ミナトをじっと見つめる。

一心不乱にすりこぎ棒を動かしていたミナトは手を止めてすり鉢の中をじっと見つめる。

「………………ちゃあぁ」

そして、おもむろに魔法を使って熱風を吹かせ始めた。

すり鉢の中に入っているペースト状のレトル草を乾燥させるためだ。

「……魔力密度が」「……すごいです」

すり鉢からあふれた熱風のおかげで、周囲はまるでサウナのように熱くなる。

「ちゃあちゃあちゃああ」「ぴ～」

真剣なミナトの横で、熱風は自分の得意分野だと不死鳥のピッピがアピールしている。

ミナトの熱風で、レトル草のペーストは乾燥し、固形物となった。

「…………ちゃ……」

ミナトは指先から神聖力が混じった水をぽたぽたと垂らして、再びペースト状にしていく。

「ミナトは完全にレトル薬の作り方が頭に入っているのですね」

「すごい。僕はまだ覚えてないです」

アニエスとコリンが驚いているのも気にせず、ミナトは淡々と次の工程に入る。

「ちゃあああ」

ミナトは火魔法をうまく利用して指先を熱くし、神聖力を手にまとってペーストを練る。

指先の熱で水分が蒸発し、徐々にペーストは固まっていく。

「んっ、ん、んっんっ」

そして、粘土のようになったレトル草を、小さくちぎって丸めていく。

ミナトの手先の器用さは、いつもの神像作りで鍛えられている。

加えて、コボルトたちと契約したおかげで、【細工者Lv30】のスキルを手に入れた。

ミナトはまるで熟練の職人のように手際が良かった。

あっという間に、すり鉢の中に粘土ぐらいの硬さの半生《はんなま》の丸薬が数十個できる。

「……ちゃあ～」

そして最後に神聖力を込めた風で、丸薬を乾燥させる。

「………できた」

「ミナト、手際がよいですね。本当に素晴らしい腕前です」

「…………………ミナトすごい。あっという間だったです」

「えへへ、そうかな？　えへへへへ」

アニエスとコリンに褒められて、ミナトは照れた。

「わふわふわふ～」

そしてタロも嬉しそうにミナトの顔をベロベロ舐めた。

喜ぶミナトたちにアニエスが言う。

「ミナトが作ったものだから大丈夫だと思うのですが、薬は作って終わりではありません」

「そうなの？　あとなにすればいい？」

「本当に効果があるのか確かめなければいけません。特に初めて作った薬はそうです」

「そっかー、でも誰も風邪ひいてないし……」

「わぁぅ？　わぁぅ」

タロが「風邪ひいたかも？　それたべる」と言いだした。

「タロは元気でしょ！　だめ」

「きゅーん」

「ぴぃ？」

「あ、そっか。サラキアの書で確認すればいいね！　さすがピッピ！　頭いい！」

「わふわふ」「ぴぎぴぎっ」

ミナトはピッピを撫でまくり、タロはピッピを舐めまくり、フルフルはブルブルした。

サラキアの書は、ミナトが調べたいことを調べることができる。

つまり、鑑定技能のように使うこともできるのだ。

しかも、神による鑑定だ。間違いがない。

もちろん、サラキアが知らないことは調べられない。

だが、サラキアは全知ではないが、人族の誰よりも知識はあるのだ。

「サラキア様、これはなんですか！」

頭の中で言うだけでいいのだが、ミナトはアニエスにも聞こえるように声を出す。

そして、サラキアの書を開いて、皆でのぞき込む。

【ミナトの作ったレトルト薬】
品質：神級
効能：滋養強壮。（老衰間近の老人でも寿命が三年延びるレベル）
　大概の病気は免疫力が高まるので治る。

風邪は死ぬ一時間前ぐらいの衰弱した状態でも治る。

瘴気による病は治る。大概の呪いも飲めば解ける。
※老衰間近の老人に使って寿命を延ばせるのは二回まで。

「やったー、成功してたよ！」

「さすがミナトです！　すごいのです」

「わふわふ～」「ぴぃ～」「ぴぎ」

「おもったよりレトル薬ってすごい効果なのです！」

「ねー」「わふ～」

無邪気に喜ぶミナトたちの横で、アニエスはわなわな震えていた。

「アニエス？　どしたの？　薬、失敗だった？」「わふ？」

「…………あ、いえ、成功です。明らかに」

「そっかー、よかったー」「わふ～」

ミナトとタロは胸をなでおろす。

「ですが、これはレトル薬とは別物かと」

「え？　やっぱり失敗？」「わふぅ……」

ミナトとタロが不安そうにアニエスを見る。

タロの尻尾はしなしなだ。

「いえ、失敗ではなく……」

アニエスは声を潜める。

「…………ちょっと、尋常じゃないです。常識はずれとかそういうレベルじゃないです」

「そうかな？」

「そうです。これ一つで、小国が買えます」

「またまた〜」「わふわふ〜」

「冗談ではないですよ」

アニエスは真顔だった。

「これは表に出さない方がいいですね」

「そう？」「わふ？」

「そうです。ミナト、これを使うとき、与える人はよくよく選ばないとですよ」

「わかった！」「わふっ！」

ミナトとタロは元気に返事をした。

「成功してよかったねぇ」

「わふ〜」

「これはサラキアの鞄に大切にしまっておこう」

「わふわふ」

ミナトは大切にしまうと言いながら、丸薬のまま「ザララ」とサラキアの鞄にそのまま入れる。

「え？　袋とか瓶に入れたほうがいいのでは……？」

「あ、そっか。でも、サラキアの鞄は神器だから、大丈夫だよ？」

「それでも、なんとなく、こう、心理的に？」

「でも、ふくろも、びんもないしー」

「これどうぞです！　綺麗な瓶です！」

「コリン、ありがと！　これに入れておこう！」

コリンが持ってきてくれた瓶に、ミナトが薬を入れようとすると、

「ちょっと待ってください。一応消毒しておきましょう」

「消毒？」

「えっとですね。十分ほど、熱湯で煮るといいのですが……」

「わふわふ」

「ん？　地面に置けばいいの？」

ミナトが地面に瓶を置くと、たちまち熱湯に包まれる。

「わぁふ～」

タロのＭＰは無尽蔵だし、魔力も魔法レベルも尋常ではなく高い。

水を出して、熱湯にして、そのまま消毒するなどたやすいことだった。

「タロすごい」

「わふ〜」

ミナトに撫でられ、褒められ、タロはうれしくなって尻尾を振った。

「ぴぃ〜？」

「ピッピの炎だと早いけど、びんが溶けちゃうよ？」

「溶けなくても割れそうですね」

「ぴぃ……」

ピッピは火魔法のエキスパートだが、水魔法は使えないのだ。

「わふ〜」

タロが元気出してと言いながらぺろぺろ舐める。

もちろん、よそ見しても消毒は継続中だ。

「あの！　ミナト、レトル薬の作り方のコツを教えてほしいです」

「おおー、コツ。……コツ？　うーん」

ミナトは、腕を組んで考えこむ。

「難しいです？」

「そうじゃなくて……えーっと。一回じゃわからなかったからもっかい作ってみるね？」

「はいです」

「……ちゃちゃちゃ〜〜」

ミナトはまたレトル薬を作り始めた。

「先ほどより手際がいいですね。もしかしてミナトは製薬スキルもちですか？」

「もってないよ～ちゃあ～～」

ミナトはそう言うが、本当だろうかとアニエスは考えていた。

実はミナトは一回目の製薬で製薬スキルを獲得していたが気づいていなかった。

「できた！」

「……明らかに早くなってるです」

「サラキアの書でしらべてみよう！」

調べた結果、できたのは先ほどと同じ効能の「ミナトの作ったレトル薬」だった。

もちろん品質は神級だった。

ミナトは自分の作ったレトル薬を見つめながらボソッという。

「わかったかも。コツ」

「わかったです？」「わふわふ？」

「うん。神聖力と魔力は、弱くてもだいじょうぶっぽい？」

ミナトがコツを理解したのは製薬スキルが上がったからだった。

「弱くても大丈夫です？」

「うん。なんかレトル草は神聖力と魔力でぼわーってなるからね？」

ミナトはレトル草に含まれる成分は神聖力と魔力で活性化するということが言いたかった。

「ぼわーです？」

「ぼわーだよ。時間をかければ、すくなくてもだいじょうぶ！」

「なるほどです。それなら僕でも作れそうかもです」

コリンの尻尾が元気に揺れる。

「ミナト。神聖力や魔力が多すぎる場合はどうですか？」

「だいじょうぶだよ。その場合ははやくできる」

「意外と簡単ですか？」

「そうかも？　でも、ペーストにするときにもコツが必要でー」

「神聖力や魔力ではなく、そっちにコツが？」

「そう。あまり細かくしたらだめで……速くないといけないんだけど、速すぎるとだめで……」

ミナトの語るすりこぎ棒でするときのコツの難易度は高かった。

「ちょっと、難しいですね……」

「難しいけどやってみるです」

コリンとアニエスが薬を作り始めた。

「がんばー」

「わふわふ！」

「あ、アニエス、もう少しゆっくり！　コリンはもうすこしはやく！」

「このぐらい？」「このぐらいです？」

「そうそう、二人ともいいかんじ！」

そんな感じで、アニエスとコリンはレトル薬を作るために頑張った。

「わふ～」

「タロもありがと」

タロが消毒を終えた瓶にミナトはザラザラと「ミナトの作ったレトル薬」を詰めた。

その夜はアニエスとコリンの製薬は終わらなかった。

アニエスたちが遅いのではなく、ミナトが早すぎるだけである。

「途中の薬はサラキアの鞄に入れとこうね！」

「ありがとうございます」「たすかるです！」

サラキアの鞄に入れておけば、いつでも続きからできるのだ。

途中で切り上げ、村の中にテントを建て、ミナトたちは眠ったのだった。

三章

北の街とちっちゃい使徒《幼子》とでっかい神獣《子犬》

次の日、朝ご飯を食べると、早速出発することになった。

コボルトたちは昨夜のうちに手荷物をまとめている。

全体的に手荷物は少ない。自分で背負える量だけだ。

「もっとたくさん持って行っていいよ？　サラキアの鞄にはたくさん入るからね」

ミナトがそう言っても、コボルトたちは、

「いえいえ、これで十分です。ありがとうございます」

全力で遠慮する。

「でも、家具もあったほうが、いいよね？」

「か、家具？」

「建物は難しいけど家具なら持っていけるよ？」

「どういうことでしょう？」

コボルトたちはミナトが何を言っているのか理解できなかった。

「家具なら持っていけるよ？」とはどういうことだろうか。

何かの隠語かも？　と困惑するコボルトたちに、ミナトは実際に見せることにした。

「みててね？　サラキアの鞄はすごいんだよ。ついてきて」

ミナトはサラキアの鞄を持って、村長の家に入る。

「こうやって～」

ミナトがサラキアの鞄を箪笥《たんす》に近づけると、鞄の口から魔法陣が広がる。

そして、音もなく箪笥はサラキアの鞄に収納された。

「ね？　サラキア様の神器だからすごいんだよ」

「お、おお……。なんという……」

「まだまだ入るから遠慮しないで！」

「そういうことならば……」

ミナトはコボルトたちに頼まれて、置いて行くはずだった物をサラキアの鞄に入れていく。

大きめの道具や家具、貯蔵していたドングリなども入れていく。

「ほこらもしまっておこう！」

ミナトは至高神とサラキア、そしてコボルト神が祀られたほこらも鞄に入れた。

「これでよし！」

「ありがとうございます。これで引っ越してもすぐにいつも通りの生活ができます」

「よかったよかった」

準備を終えて出立する直前になり、村長が威儀を正して言った。

「皆さまに聞いていただきたいことがありまする」

「どうしたの？」「わふ？」

首をかしげるミナトとタロに、村長は言う。

「どうか、コリンを、ミナトとタロ様の従者にしてくださいませ」

「従者？」「わふ～？」

「……一緒に来てくれる人ってことよ」

サーニャがミナトとタロに耳打ちする。

そして、村長はコリンにも言う。

「コリン。聞いておったな。そなたはミナトとタロ様にお仕えするのだ」

「ぼくもお仕えできたら、すごくうれしいですけど……」

コリンは不安そうな表情で、ミナトとタロのことを見つめた。

「コリン、一緒に来てくれるの？」「わふわふ」

「はい。ぼくじゃ、だめです？」

「もちろんダメじゃないけど、みんなは大丈夫？　コリンがいなくなったらさみしくない？」

「わふわふ」

大人のコボルトたちが笑顔で言う。

「コボルトにとって、仕える者を見つけられるのは幸せなことなのです」

「コリンがミナトとタロ様に仕えることは、我らみなの喜びですぞ」

それを聞いていた他のコボルトたちも、うんうんとうなずいて同意している。

「神の使徒と神獣様に仕えられるなど……。うらやましいぐらいですな」

「ミナト、タロ様。どうかコリンを受け入れてやってくださいませ」

「もちろん、コリンが一緒に来てくれたらうれしいけど……」「わふわふ」

「ありがとうございます。どうかコリンをよろしくお願いいたします」

コボルトたちは一斉に頭を下げる。

「ミナト。タロ様。そして聖女様方。よろしくお願いするです」

そして、コリンも深々と頭を下げた。その尻尾はちぎれんばかりに勢いよく振られていた。

「うん、よろしくね」「わふわふ」

「こちらこそ、よろしくお願いします」

アニエスも頭をさげ、コリンがミナトたちに同行することが決まった。

ミナトたちが楽しそうに話している近くで、ジルベルトは村長にこっそり言う。

「村長。そんなに道中は危ないのか？」

村長はあえて出立前にコリンを従者にしてほしいと言った。

それは、コボルトたちが北の街にたどり着けない可能性を考えているからだ。

「念のためですぞ」

「そっか。だが、心配はしなくていい。俺たちは強いし、ミナトとタロ様はもっと強い」

「それは心強い」

口ではそう言うものの、村長はまだ不安そうだった。

「もし、わしを含めて老いぼれが倒れたら、捨て置いてくだされ」

病み上がりの自分たちが、北の街への旅を全うできるか不安らしい。

「その心配はしなくていい。ミナトとタロ様がそんなことを認めるはずがないだろ」

「そうですな」

村長はにこりと笑った。


準備を全て終えるとミナトたちは北の街に向けて歩き始める。

三十人のコボルトたちと一緒なので、歩く速度はゆっくりだ。

「手荷物も、全部、サラキアの鞄に入れるよ？」

「いえ、そんな」

コボルトたちは遠慮するが、ジルベルトが笑顔で言う。

「荷物が軽い方が、休憩を少なくできるから、ミナトとタロ様も助かるんだよ」

「そういうことでしたら……」

そして、コボルトたちの手荷物も、最低限のものを残して全てサラキアの鞄に入れる。

その効果もあり、少しだけコボルトたちの歩く速度が上がった。

「わはは……タロ！」

「わふわふ……わふ？」

「タロは走ったらダメ！」

「わふぅ？」

「ご飯をたべたあとは、ゆっくりあるいて！」

「ぴぃ～」

「ダメ！」

食後しばらく、ミナトはタロを走らせなかった。

タロは走りたいと「ぴぃぴぃ」鼻を鳴らしたが、ミナトは許さなかった。

北の街までは徒歩で三日かかる。

病み上がりのコボルトたちにとっては、長い道のりだ。

無理をせず、日が沈む前に野営の準備をする。

「……ミナト、タロ様。テントには病み上がりの者たちを入れたいんだが、いいか？」

テントを設営したジルベルトがミナトとタロにこっそり尋ねた。

病み上がりのコボルトたちにも疲労度に差がある。

高齢の者たちは疲れ切っているし、比較的若い者たちはまだ元気だ。

「もちろんだよ。そうして」「わふわふ」

タロが入れるぐらいの大きなテントだが、全員を入れるのは少し厳しい。

三十人のコボルトに、アニエスたち五人。それにミナトたちだ。

特にタロは大きいのでコボルト十人分は場所をとる。

「すまないな」

「うん！　実は僕は外で寝るのも好きだからね」「わぁぅわぅわぅ」

ミナトもタロも、外でくっついて寝るのも好きだった。


その日の夜ご飯は肉を中心としたメニューだ。

道中、サーニャとタロが、野生の鳥と猪を獲ってくれていた。

タロは、食後二時間ぐらい、走るのをミナトに禁じられている。

だが、巨大なタロは、必要な活動量もその体にふさわしいぐらい多い。

だから、走るのを解禁されると、力いっぱい走って、猪を獲ってきた。

「サーニャ、タロ、ありがと！」

「気にしないで！」「わふわふ～」

「サーニャ、本当にありがとうございます」

コボルトたちはサーニャには丁寧にお礼を言う。

「タロ様。我らに生きる糧を与えてくださり、ありがとうございます」

「わふ～？」

そして、タロに対しては、まるで祈るようにお礼を言った。

夜ご飯を食べた後、ミナトとコリンとアニエスはレトル薬を作る。

それを比較的元気な大人のコボルトたちが興味津々な様子で見つめていた。

もちろん疲れ果てている高齢のコボルトたちはすでにテントの中で眠りについている。

「みんなも作る？」

ミナトがコボルトたちに尋ねると、

「作れるでしょうか？」

コボルトたちは遠慮がちに言う。

「練習すればたぶんできるよ！　おしえるね！」

「ありがとうございます！」

一方、ミナトの近くではタロが一生懸命「わふわふ」言いながら、至高神像を作っていた。

そんなタロをピッピとフルフルが応援している。

タロたちの様子を横目で見ながら、ミナトはコボルトたちに丁寧にレトル薬の作り方を教える。

その様子をジルベルトやヘクトル、マルセルとサーニャが興味深そうに見つめていた。

「まず、すりこぎ棒でレトル草をごりごりするんだけど、そのときに魔力を流すの」

「魔力……」

「そうそう、そんなかんじ、うまいうまい！」

「ミナトとの契約後、魔力の扱い方がわかるようになりました」

「ほえ、そうなんだ。あっ、ごりごりするコツはー」

レトル薬は魔力や神聖力の量はおおざっぱでも大丈夫だ。

だが、すりつぶし方などが難しい。

コボルトたちは手先が器用なので、すりつぶしなどのコツを習得するのが早かった。

「ミナト、できたです！　みてくださいです！」

「おお、コリンすごい」「わふわふ！」

ミナトの次にレトル薬を完成させたのはコリンだった。

「ちゃんとできてるか調べてほしいです」

「わかった！　すぐにしらべるね！」

【レトル薬】
品質：中級
効能：滋養強壮。
　頭痛、関節痛の鎮痛。解熱、鎮咳など。
　病後の回復の促進。
用法用量：一日三回。食後に服用。大人は一回一錠。子供は半錠。

それは、ミナトの作った明らかに規格外なものとは違い、まともなレトル薬だった。

「うん！　成功だ！　コリンすごい」「わふわふ！」

「コリン、見事です」「さすがだな、コリン」「お見事ですぞ」

「えへ、えへへえ」

ミナトたちやアニエスたちに褒められて、コリンは嬉しそうに尻尾を揺らした。

大人のコボルトたちも「さすがはコリンだ」と褒めている。

「私もできました。ミナト、確認してくださいませぬか？」

コリンが成功するとコボルトたちもどんどん完成させる。

「私もできました！」「私も！」

「すごいすごい！　みんな早いねえ！　すぐに調べるね」

ミナトがサラキアの書を構えると、コボルトたちはごくりとつばを飲み込んだ。

全員の尻尾が、緊張気味にピンと立っている。

「うん、これは成功。こっちも成功。成功、こっちも成功」

「……ということは」

「うん！　全部成功だよ！　コリンのやつと効果は一緒だ！」

「やった！」「ありがとうございます、ミナトの指導のおかげです！」

コボルトたちは一斉に尻尾をぶんぶんと振った。

「コリンの時も思いましたが、最初から中級とは。見事なものですな」

「ええ、コボルトは手先が器用だと評判ですが、これほどとは」

ヘクトルとマルセルが感心している。

「そうだ。病後の回復にいいみたいだし、自分で作ったレトル薬を飲んでみる？」

病後の回復促進の効能は、ミナトのレトル薬には書かれていない。

それは病後の回復促進が「老衰まじかの老人でも寿命が三年延びるレベル」の下位互換だからだ。

だが、ミナトは書かれていないので、自分のレトル薬に病後の回復促進効果があると気づいていない。

「さすが、ミナト。いい考えですな！」

「自分で確かめるのは大切ですね！」

コボルトたちは大喜びで自分の作った薬を飲む。

コリンを含めた看病していた病み上がりじゃないコボルトたちも自分の作った薬を飲んだ。

「おお……なんか元気になった気がする」

「よかったよー」

「力があふれる気がするです。速く走れそうです」

「……コリンのは気のせいだよ？」

「そうです？」

「うん。じようきょうそうだし？」

病気で体が弱っていたら回復するが、飲んでパワーアップするようなものではない。

「わーいわーい」「やったやった！」

コボルトたちは楽しくなって踊りだす。

コリンも大人たちも、一緒になって楽しくワイワイ遊んでいる。

「朝起きたら、村長たちにもあげよう！」

「それがいい！」

そんなことを楽しそうにコボルトたちは話していた。


一方、その間もアニエスは黙々と作業していた。

三分後、アニエスが元気に言った。

「私もできました！」

「おお、アニエスもすごい！」

「調べてください」

「わかった！」

【効果の薄いレトル薬】
品質：低級

効能：少しの滋養強壮。病後の回復にも多少効果がある。
用法用量：一日三回。食後に服用。大人は一回二錠。子供は一錠。

「…………」

ミナトはなんて言っていいかわからなかった。

「失敗……ですよね……」

アニエスはあからさまに落ち込んだ。

「どんまい」「そういうこともありますぞ」

ジルベルトとヘクトルに慰められても、しょんぼりしたままだ。

「わふわふ～」

「いや、失敗じゃないよ！　低級だけど効果あるし、成功だよ！」

タロは作ったばかりの至高神像をアニエスに渡す。

泥で作った後に魔法で焼成まで済ませたしっかりした像だ。

「くれるのですか？」

「わふ」

「これあげるから元気出してだって」

「タロ様、ありがとう」

アニエスはぎゅっとタロに抱き着いた。

そんなアニエスに、マルセルは冷静に告げる。

「アニエスの製薬スキルのレベルはいくつですか？」

「25です」

製薬スキルLv25というのは相当に高い。魔法でLv20あれば、宮廷魔導師になれるぐらいだ。

製薬スキルだって、Lv20あれば王宮お抱えの薬師になれるだろう。

「25のアニエスが、初めての作製とはいえ、低級だったということは……」

「レトル薬の作製難易度が高いってことか？」

「ジルベルトの言う通りだが、今回注目すべきはそこじゃない」

ジルベルトに対しては丁寧語じゃなくなるマルセルがにこりと笑う。

「コボルトたちは製薬が尋常ではなく得意なんだよ」

「製薬スキルのレベルが高いってことか？　だが、みんな製薬は初めてだろ？」

「他のスキルとの相乗効果があるのかもしれないだろ」

それを聞いていたヘクトルがうんうんとうなずく。

「コボルトたちは手先が器用ですからな。そういうスキルがあるのやもしれませんな」

「……なんにせよ。コボルトたちがレトル薬を作れるのは事実です」

タロからもらった至高神像を抱きしめながら、アニエスは言う。

「コボルトさんたち！」

「どうしたです？」「どうしました？」

「北の街に着いたら空いた時間で良いので、レトル薬の製作もお願いできませんか？」

「もちろんかまいませぬが……」

「当然、適正価格で神殿が買い取りますので」

「おお、助かります！　あんパンとクリームパンだけでなく、薬も買い取ってもらえるとは！」

どうやら、畑の収穫まで、コボルトたちは確実に生計を立てることができそうだった。


その日の夜、ミナトは外でタロにくっついて眠る。もちろんピッピとフルフルも一緒だ。

コリンも従者だからと言って、ミナトの隣で一緒に眠る。

「日が沈むと少し冷えるな。ミナト大丈夫か？」

ジルベルトはミナトとタロにささやく。

「……昨日より寒くなってますね。ミナト、寒くないですか？」

アニエスもミナトを心配している。

「わぁぅ？」

「大丈夫だよ。サラキア様からもらったコートだからね。あったかいんだ」

ミナトが着ている服やコート、靴は神器なのだ。

真夏は日光を遮り、風を遮らないので着ている方が涼しいぐらいだ。

そのうえ汗をうまく吸い上げて乾かすので、べたつかない。

だというのに、冬は寒風を防ぎ、体温を逃がさないので温かい。

ミナトが子供らしく激しく動けば、速やかに熱を放散し、汗がこもらない。

真冬の山でも、追加装備が要らないぐらいだ。

「タロとコリンもあったかいしね」

「わふ～」「えへへ」

ミナトはコリンと並んで、タロのお腹にもたれて横になっていた。

そしてミナトのお腹の上には、鞄から出した幼竜が眠っている。

ミナトもコリンも、タロの毛布に包まれている。

「それでも心配ですね。私と一緒に寝ましょう」

そう言うと、アニエスは毛布に潜り込んでミナトとコリンを抱きしめる。

「ぴぃ～」「ぴぎぃ」

ピッピとフルフルも毛布の中に潜り込んだ。

「わふ」

タロは尻尾をアニエスとミナト、コリンに優しく乗せる。

「タロ様、ありがとう」「ありがとです」

「わふ～」

「……ありがと。ふわぁ」

アニエスに抱っこされて、タロの尻尾に包まれて、ミナトは温かくてほっとした。

従者として気を張り詰めていたコリンも安心した様子ですぐに眠った。

コリンと同様に、ミナトも安心していつもより早く眠ってしまったのだった。

「……かわいい」

アニエスは眠るミナトとコリンを優しく撫でる。

「タロ様、もふもふ……コリンもいい毛並み……」

そんなことを言いながら、アニエスも眠る。

「明日こそ私が……」

サーニャがうらやましがり、

「アニエスも聖女の重圧で疲れてたんだろ。たまには癒やされないとな」

ジルベルトはそう言って、アニエスを優しく見つめていた。


次の日もミナトたちは北の街に向かって歩いていく。

朝食前にレトル薬を飲んだおかげで、老人たちの足取りも軽い。

「どこまでも歩いて行けそうですぞ！」

村長たちの表情は明るかった。

一方、コリンはジルベルトに剣の使い方を教わりながら歩いていく。

「こうです？」

「そうだ。構えはそれでいい」

ジルベルトは、旅の途中でも毎朝剣の素振りをする。

もちろん、いつ実戦になるかわからないので、街にいるときに比べたら軽くだ。

体をなまらせないためと、体の調子を確かめるための準備運動のようなものだ。

だが、それを見たコリンが剣を教えてくれと頼みこんだ。

「ふんふんふん。こうです」

「そうそう。筋がいいな。コリン。基本は大事だからな」

そんなコリンの剣をヘクトルがじっと見る。

コリンの剣は、装飾がなく、ひどく刃こぼれした粗末な剣だ。

さびてこそいないが、今にも折れそうなほど傷んでいる。

「コリン、その剣には思い入れがあるのですかな?」

「思い入れというか……村にあった剣をもらったです」

すると近くを歩いていた村長が言う。

「それは村のほこらに昔からあった剣なのです。代々村人が手入れしてきたものですぞ」

「刃こぼれは昔から?」

「はい。村に使い手が現れるまで大切に保管しろという言い伝えがありましてな」

コボルトの勇者であるコリンが現れたので、剣が与えられたのだという。

「へー。伝説の剣みたいでかっこいい」「わふわふ」

話を聞いていたミナトとタロがはしゃぐ。

ミナトとタロは男の子なので、伝説の剣に憧れがあった。

「そですか？　かっこいいです？　えへえへへ」

「ほう。由緒正しき剣か。少し貸してくれないか？」

「はい、どうぞです」

ジルベルトはコリンから剣を受け取ると軽く振る。

「どうですかな？」

ヘクトルに尋ねられ、ジルベルトは真剣な表情で剣を見る。

「悪くない。だが、刃こぼれがひどいな。俺が本気で戦えば折れるぞ」

コリンは非力だから折れないかもしれないが、敵の力次第では折れるだろう。

「でも、由緒正しき剣なら秘密がありそうですよね。少し持たせてもらっても？」

「もちろんです」

コリンの許可を得て、ジルベルトはアニエスに剣を手渡す。

「ふーむ。もしかして神器かと思ったのですが、神聖力は感じませんね」

「魔力も感じないですし、魔導具でもないですね」

いつの間にかに寄ってきたマルセルも剣を見て言う。

「昔のコボルトの勇者が使っていた剣ってことかな？」

サーニャも剣を見ながらそんなことを言う。

「僕にもみせて！　いい？」「わぁふ！　わふ？」

「もちろんです！」

ミナトはアニエスから剣を受け取る。

「ふむ？　ふむ？」「わふ？　わふ？」

「どうだ？　ミナトは何か感じるか？」

「うーん、神聖力とか魔力とかは感じない。でも、不思議な感じがする」

「わふわふ」

「やっぱり、タロもそう思う？」

「わふ～」

タロはふんふんとコリンの剣の匂いを嗅いでいる。

「不思議な感じってなに？　どんな感じ？」

そう尋ねたサーニャの目は子供のように輝いていた。

「うーん、なんというか……。気配がしそうなのにしないっていうかー」

「どういうこと？」

「なんてせつめいすればいいかー」

ミナトが剣を持ったまま、ゆっくり歩きながら考えていると、

「わふわふわふ！」

タロが剣をベロベロ舐めた。

「あ、あぶないです！」

「わふ？」

慌てるコリンに、タロは平気な顔をして首をかしげながらベロベロ舐め続ける。

タロは最強なので、刃こぼれした剣ぐらい舐めても平気だった。

「タロ、だめ！　剣を舐めたら危ないでしょ！」

「わふ～～わふ！」

「においが不思議なかんじでも、舐めたらだめ！」

ミナトはタロから剣を隠すように後ろを向いてから、剣の匂いをクンクンと嗅いだ。

「あんまり、においしないかも？」

ミナトには、なんの匂いも感じられなかった。

あえて言えば、コリンが日々磨く際に使っている布の匂いがした。

「……コリンが呪者と戦った時の臭いじゃなくて？　お腹壊さない？」

サーニャが心配するのももっともなことだった。

初めて出会ったとき、コリンは呪者と戦って力尽きて倒れていたのだ。

「そのあとちゃんと洗ったですよ？」

コリンは心外だと言いたげに、尻尾をぶんぶんと振った。

「わふわふわぁふわふわぅ」

「呪者の臭いじゃないって……タロ？」

タロはミナトの前へと回りこむと、豚の骨を舐めているかのように、ベロベロベロと剣を舐めはじめた。

「ちょ、ちょっと、タロ！　危ないでしょ！」

あまりに一生懸命舐めているので、ミナトですら少し引いているぐらいだ。

「ぴ？」「ぴぎ？」

上空を旋回しているピッピと、タロの頭の上に乗っているフルフルも不安そうにタロを見る。

「わむ」

ついにタロは刀身を根元から咥えた。

さすがのミナトもタロが剣を咥えて少し慌てた。

「だ、だめ！　ぺってしなさい、ぺって！」

ミナトがそう言っても、タロは、

「もみゅもみゅもにゅ」

剣を口の中に入れたままだ。

「はわわ、タロ様が食べたです」

「ぺってして、ぺっ！　食べちゃダメ！」

「もにゅもにゅ？　ぺっ」

ミナトにしつこく言われて、やっとタロは剣を口から出した。

刀身がタロのよだれまみれだ。よだれが垂れているほどである。

「もう、タロ、危ないでしょ？　口の中切れるよ？　それによだれがすご……む？」

柄をもって刀身を見つめたミナトが目を見開いた。

「あ、これ神器だ」

「え？　神器です？」

「だって、ほら。神聖力をかんじるし……ね？　アニエスもそう思うよね？」

「確かに……」「感じますぞ」

それまで、ただの金属だと思われていた刀身は神聖力をまとっている。

その神聖力の強さは、アニエスとヘクトルにも感じられるほどだ。

「刃こぼれまで直ってるし……。どういうことなんだ？」

刀身を観察したジルベルトが困惑しながら、ミナトを見つめる。

「まるで新品だね！　タロ、すごいねぇ。気づいたの？」

「わぁぅわぁぅ」

「そっか。ねてたのかー。でも、もう刃物はくちにいれたらだめだよ？」

「わふ！」

「どういうことなのですか？」

ミナトとタロの会話の意味がわからなくて、アニエスが尋ねる。

それはその場にいる皆の疑問だった。

「えっとね……」

ミナトは少し考えてから説明を始めた。

「この剣は眠って、普通の剣のふりをしてたの。それをタロが力をあげて起こしたの」

「わふわふ～」

「そっか。タロには寝ていることがわかったんだね。匂いで？　すごいなぁ」

「わーうわふわう」

ミナトはタロを褒めながら撫でまくった。

「力というのは魔力ですか？　神聖力ですか？」

「両方だよ。マルセルも今は魔力を感じるでしょ？」

「確かに……少し感じます。ですが、普通の魔導具や神器なら起動していなくても気づけます」

「えっとね。魔力とか神聖力を全部だしちゃってたからね」

「つまり、魔力も神聖力も、両方枯渇していたと。見せていただいても？」

「もちろんいいです！」

コリンに許可をもらって、ミナトはマルセルに剣を渡す。

「隠ぺいの魔法。いや。奇跡の類いか？　厳重に隠していますね」

「それも隠してあることすら隠す奇跡ですな」

マルセルの言葉にヘクトルが補足する。

「さすがは神器といったところか……よかったな、コリン」

ジルベルトに頭を撫でられながら、コリンは首を傾げた。

「どういうことです？」

「つまりですね……えっと」

アニエスが少し考えて、簡潔にわかりやすくまとめた。

「勇者が出現するまで、眠る剣だったんですよ」

「そうだったのですね……。でもタロ様がいなければ、剣はぼろぼろのままだったです？」

「コリンは勇者だから、使っていたらそのうち目覚めたと思いますよ」

マルセルに剣を渡されたコリンは、輝く刀身をじっと見つめる。

コリンはまだ勇者ではなく、「勇者となりうる雛」に過ぎない。

勇者として覚醒するころには、コリンの神聖力や魔力は今よりずっと強力になっている。

勇者となったコリンの魔力と神聖力で、剣は目覚めたに違いなかった。

「そう……なんですね。目覚めるのはずっと先だったですか」

コリンは複雑な表情を浮かべている。

そんなコリンにジルベルトが言う。

「コリン。自分には不相応なものをもらったと思ってるだろ」

「そんなこと……あるです」

神器たる剣を持つ資格が自分にあるのかとコリンは考えていたようだ。

「だがな、剣士として言わせてもらえば、剣はおまけだ。たとえ神器でもな」

「そうなのです？」

「ああ。いい剣を持っても急に強くならないし、人として成長するわけでもない」

「……」

「コリンは、これからもこれまで通りがんばるしかないってことだ」

「はいです」

少しだけコリンの表情が明るくなった。

「コリン。タロ様が剣を目覚めさせたのだ。つまり、そういうことだ」

村長がコリンの目をじっと見ながら言う。

省略されていたが、コリンは村長の言葉の意味を正確に理解した。

タロは至高神の神獣、つまりコボルト神なのだ。

つまりそのタロが剣を目覚めさせたということは、神の意志である。

コボルトたちは全員そう考えた。

「がんばるです」

「それでよい」

村長はコリンに笑顔で言った。


その後も、ミナトたちは北の街に向けて歩いていく。

道中、ミナトは歩きながらレトル薬を作り、コリンは歩きながらジルベルトに剣を教わった。

そして、コボルトたちは歩きながら、あんパンとクリームパンの作り方を勉強していた。

マルセルやヘクトルに作り方を聞き、ミナトにおいしいパンとはどのようなものか尋ねるのだ。

「おやつにクリームパンを食べよう！」

「わふわふ～」

ミナトとタロも気前よくあんパンとクリームパンを皆に配った。

そして休憩時間や夕食後には、ミナトと一緒にコボルトたちもレトル薬を作った。

「材料がたくさんあっていいいねぇ」

とっくにコリンが二日かけて集めたレトル草はなくなっていた。

だが、そこら中に生えているし、

「わぁふ！」

見つからなければ、嗅覚の鋭いタロが見つけてきてくれるのだ。

コボルトたちも、すぐに自分でレトル草を見つけられるようになった。

コボルトたちはタロ程ではないが、普通の人よりも嗅覚が鋭いのだ。


一日目。ミナトはレトル薬の作り方がすごくうまくなった。

品質は相変わらず【神級】だったが、作製速度が倍ぐらいに速くなったのだ。

もっとも【神級】より上はないので、品質は上がりようもなかった。

二日目。昼ご飯を食べた後、大人は昼食の後片付けで忙しかった。

三十五人分以上の料理を準備し、後片付けするのは結構大変なのだ。

そして、病み上がりのコボルトたちは体力を回復させるために休憩している。

最初、ミナトとコリンも手伝おうとしたが、

「昨日、ミナトとコリンがほとんど後片付けしただろ。大人にも働かせろ」

とジルベルトに言われてしまったのだ。

昨日、コリンが素早く皿を集めて、ミナトが水魔法を駆使して一気に綺麗にした。

そのことをジルベルトは言っているのだろう。

「うーん。あ、そうだ！　レトル草を探そ！　さっきあっちでみたし！」

「それがいいです！」

ミナトとコリンは元気がありあまっているのだ。

「わふ～」

「タロはお留守番！　いねんてんになるでしょ！」

「あぅ！」

タロは小さく吠えて抗議する。

「だめ！　食後はやすまないとだめ！　ほら、コボルトのみんなをみならって！」

「わぅ～」

「だめ！」

「ぴぃ～」

鼻を鳴らして一緒に行きたいと甘えるタロをミナトは優しく撫でる。

「タロはここでみんなを守ってて」

「タロ様、一緒にお休みしましょうぞ」「ええ、ええ、それがよろしい」

タロのことが大好きなコボルトたちがモフモフする。

「わふ？」

「僕はだいじょうぶ。なにかあったら、よぶからね？」

「わぅ～？　わふ？」

「うん、あんまりとおくにいかないからね」

タロを説得してミナトとコリンはレトル草を採りに行く。

フルフルはミナトについてきたが、ピッピはタロがさみしがらないようにその場に残った。

「ミナト、コリン、あまり離れるなよ！」「わふ～」

「わかってる～」

ジルベルトとタロに見送られながら、ミナトたちは藪の中に入っていく。

「あ、あっちに沢山あるです！」

「あっちにもあるよ、てわけしよう」

「はいです！」

ミナトとコリンは手分けして、レトル草を集めていく。

「いっぱい生えてるね！」

「ぴぎ～？」

手伝おうと思ったフルフルが、草を二本採って持ってくる。

「フルフルのはレトル草じゃないよ？　それは毒だよ」

「……ぴぎぎ？」

「でも、ありがと。レトル草に似てるもんねー」

「ぴぎ～ぴぎっ！」

「味は同じなの？　ふむう？」

フルフルは見た目ではなく、味で区別しているらしかった。

「でも、これは毒だったはず……」

ミナトはサラキアの書を開いた。


【ゲトル草】

毒草。

狩人がすりこぎでペーストにしたものを矢じりにつけて使う。

獲物をしびれさせる効果がある。


「やっぱり毒だったよ。あ、フルフルは【毒無効】があるもんね」

「ぴぎ～」

フルフルは【毒無効】のスキルを持っているので、ゲトル草を食べても平気なのだ。

ちなみにミナトもフルフルから【毒無効】のスキルをもらっているので平気である。

「一応、もっていこうか。サーニャが喜ぶかもだし」

「ぴぎっぴぎっ」

ミナトとフルフルがそんなことをしている間にも、コリンは集中してレトル草を集める。

「よいしょよいしょ……。あ、あっちにもあるです……」

レトル草採集に夢中になりすぎたコリンは、離れすぎていることに気づかなかった。

ふと、嫌な気配を感じたコリンが顔を上げると、

「ひぅっ！」

『…………』

そこには、村にやってきてコリンが勇者だと告げた預言者が無言で立っていた。

相変わらずフードを深くかぶり、ペストマスクをつけている。

「……お、お前は」

何者なのか。呪神の使徒の手の者なのか。

どうして勇者だと知っているのか。なぜ薬草について嘘をついたのか。

問い詰めたいことがいっぱいありすぎて、とっさに言葉が続けられなかった。

『臆病で卑怯な、偽りの勇者よ』

小さな、ささやくような声で預言者は言う。

「ぼ、僕は偽りの勇者じゃないです。サラキアの書にだって――」

『神がふさわしくないと考えたから、覚醒していないのだ。偽の勇者』

預言者は離れているのに、耳元で囁かれているように感じられる。

その声には相手の精神に作用する魔法が込められていた。

声量は極めて小さいのに、はっきりと聞き取れる。

魔法のせいで、コリンの頭の中にすっと入ってきて、疑う気持ちが薄れていく。

「そ、そんなこと……僕がまだ幼い……」

『より幼い者に助けられたことを忘れたのか？』

ミナトのことだ。ミナトはコリンよりずっと幼いのに、力をふるっている。

『……お前には誰も救えない。神はお前を見放した』

「そ……」

そんなことないですと、コリンは言えなかった。そうかもしれないと思ってしまった。

だって、自分は勇者なのに、臆病だから。

『……お前にその剣はふさわしくない。渡すがよい』

預言者はコリンに向けて手を伸ばす。

「……この剣をどうするです？」

『よりふさわしいものに渡す。コボルトを救える真の勇者にな』

「そんな……」

『お前が同行すれば、使徒にも迷惑だ。お前よりふさわしい者がいる』

その方がいいのかもしれない。

臆病な自分は勇者の器ではなかったのだ。

そう思ったが、コリンは剣を渡すことができなかった。

『……ほう。お前はあくまでも自分は勇者であり、使徒の従者にふさわしいと主張するか』

コリンは動けなかっただけだが、預言者はそう理解したようだ。

ペストマスクの向こうで預言者はため息をつく。

『ならば、一人で討伐し証明してみよ』

そう言うと同時に、預言者の姿は消えて、巨大な熊が現れた。

まるで預言者によって、熊が隠されていたかのようだった。

「ひぅっ」

コリンは慌てて剣を抜くと、熊と対峙する。

その熊は身長三メートル近くあり、体の大半が歪な金属で覆われていた。

それはまるで、金属のフジツボに全身が覆われているかのようだ。

「と、とおさないです」

ここを通したら、熊はみんなに襲い掛かるだろう。

コリンのひざが笑う。脂汗が背中を流れる。剣を持つ手が震える。

「GUAAAAAAA!」

皆を守りたいという思い。勇者としての矜持。それがすべて吹っ飛んで、コリンは腰を抜かした。

熊の咆哮を浴びたコリンは心臓を鷲づかみにされたと思った。

「はぅわ」

剣を落とし、しりもちをついた。自分の小便で太ももが生ぬるい。

「はぅわっぁわ」

意味のない言葉を繰り返して、這ってでも逃げようとした。

「GUGUOOOOO」

熊は完全にコリンを獲物と認識し、食らうために近づいてくる。

「ひぅぃ……」

「GUAAA……」

コリンが動けないことがわかっている熊は、ゆっくりと大きな口を開け、かぶりつこうとし、

「ちゃあぁ〜」

突如、吹き飛んだ。

コリンにかぶりつく寸前の熊を、横からミナトが蹴り飛ばしたのだ。

「大丈夫?」

「……ミ、ミナト?」

「ごめん。おそくなった！　ちょっと待っててね」

「GUAAA！」

怒り狂った熊に向かってミナトは走っていく。

熊は太い腕を振るい鋭い爪で切り裂こうとするが、ミナトは軽く跳ねてかわす。

「ちゃ！」

宙に浮いたミナトの右手が輝くと、

「GUAAA……あぁぁぁぁ」

熊を覆っていた歪な金属のようなものが、蒸発していった。

巨大な熊は力なくゆっくりと倒れこむ。そんな熊をミナトは優しく撫でた。

「もう、だいじょうぶだよ。つらかったね」

「がう」

そこにタロとピッピがやってきた。

「わふわふわふ！」「ぴぃ！」

「タロ、大丈夫、終わったからね」

「がう～！」「ぴぴぴ！」

「ごめん。でもすぐ終わったし……」

なぜすぐに呼ばなかったのかと怒るタロとピッピにミナトは謝った。

それからミナトはコリンに声をかける。

「コリン、大丈夫？」

「だ、だいじょうぶです」

「すぐ呼んでくれたらよかったのに」

「わふ！」「ぴい！」

タロとピッピが「ミナトが言うな」と抗議する。

「ごめん。でも、気づかなかったねー」

ミナトは首をかしげる。

こんな近くに呪われし者がいるなら、普段のミナトなら気づけたはずだ。

「わふ～？」

「かくれてたのかもって？　どかなー？　コリンはどうおもう？」

「なにかおかしなところあった？」

「…………」

「……わかんないです」

コリンは預言者のことを言えなかった。

言ったら、自分は勇者として失格であることも認めないといけない気がして。

言ったら、ミナトやタロの従者になる資格がないと認める気がして。

言ったら、村長や村のみんなをガッカリさせてしまう気がして。

「うーん。あ、熊さんはなにかわかる？」

「がお……」

ごめんねと言いながら、熊は甘えて、その大きな体をミナトに押しつける。

呪われていたときのことを覚えているかどうかは個体差があるのだ。

「そっか、わかんないか」

ミナトはそんな熊を優しく撫でる。

そこにジルベルトの声が聞こえてきた。

「おーい、タロ様、ミナト！」

「あ、ジルベルトだ。コリン、すぐにきれいにするからね」

ミナトは囁くと、

「え？　ふわっ」

コリンの下半身を水球で覆う。

おしっこを漏らしてしまったのを隠すためだ。

「ほちゃあ～」

ミナトは、コリンのズボンをあっという間に綺麗にして、乾かした。

「これでよし」

「……ありがとうです」

「ん！　ジルベルト、ここだよー」「わふわふ～」

「おお、そこにいたか。タロ様が急に走り出し……うぉ」

ジルベルトはミナトに撫でられている熊を見て、驚いた。

「呪われてたから助けたの」

「そ、そうか。聖獣の熊か。……でかいな？」

「うん。あ、ダニとノミがいるね。ちょっと待ってね」

「がぅ」

ミナトは聖獣熊の巨体を大きな水球で覆う。

「ダニとノミを全部とるね。あ、顔もいくよー。目をつぶって」

「がう」

「治癒魔法もついでにかけるね。小さな傷がいっぱいあるし」

「がうぅ～」

そうやって、熊の全身を綺麗にしながら治療していく。

「……ミナト、凄まじいな。水魔法と同時に治癒魔法か。腕があがってないか？」

「そかな？　えへへ」

照れながらミナトは魔法を駆使して熊を癒やしていった。

そうしながら、ミナトは熊に話しかける。

「呪われている間の記憶はぜんぜんないの？」

「がうがう～」

「そっかー、ないかー。あ、契約する？」

「がう！」

「じゃあ、君は熊三号！」

「がぁぁう！」

ミナトと契約した大きな熊は嬉しそうに前足をバタバタさせた。

契約が終わる頃には、熊三号の全身は綺麗になった。

ダニもノミも一匹もいないし、傷一つ無い。

「あ、そうだ。これ食べる？　僕が作ったんだよ？」

「がうがう！」

「はい！　食べて！」

「がむがむがむ」

ミナトは自作のレトル薬を熊三号に飲ませた。

「お、おい、それって神級のレトル薬じゃ……」

小国なら買えるほど高価な薬をあっさり飲ませたので、ジルベルトは慌てた。

「そだよ？　体力が落ちてるからね！」

熊三号は体力がとても落ちている。

だが、これから自分たちは北の街に急いで向かわなくてはいけない。

そして、北の街に熊を連れてはいけない。

「熊三号を、体力がないままここに置いていったらかわいそうだし」

「がうがう～」

「あ、元気になった？」

熊三号は元気になってミナトに体を押しつけた後、タロにも体を押しつけに行く。

「わふわふ～」

タロにも舐めてもらって、熊三号は嬉しそうにしている。

「熊三号、この辺りに呪われた聖獣いる？」

「がぉ」

「いないの？　呪われてない子もいないんだ？」

「がぅがぉ」

「そっか……それでいないんだね。大変だ」

ミナトは熊三号をぎゅっと抱きしめた。

「ミナト、通訳を頼む。どうしてこの辺りには熊三号しか聖獣がいないんだ？」

「えっとね。山の方に呪者が沢山現れて、みんな討伐しにいったんだって」

「なるほど……。だが山の方で聖獣が暴れてるってことは……」

山で聖獣が暴れているという情報を得て、ミナトたちはこちらに来たのだ。

「負けちゃったのかも」

それで熊三号のように呪われて苦しんでいるのだろう。

「いそがないとね」

「そうだな。……コリンどうした？」

ジルベルトが心配してコリンに声をかけた。

コリンは、ずっとうつむいていたのだ。

「……お役に立てなかったです。熊に襲われて何もできなかったです」

「まあ、熊三号は強いだろうからな。俺にだって楽に倒せる相手じゃないぞ？」

ジルベルトはポンポンとコリンの頭に手を置いた。

「だから気にするな」

「………はいです」

それからミナトたちは熊三号と一緒に皆のところに戻った。

「熊！」「あ、危ないですぞ！」

コボルトたちは慌てたが、ミナトは笑顔で言う。

「だいじょうぶ！　熊三号は聖獣の熊だから」

「聖獣……確かに。聖なる気配を感じますぞ」

コボルトたちは半人半聖獣で、ミナトと契約済みなので冷静に見ればわかるのだ。

「聖獣同士なかよくね！」

「はい。気をつけますぞ」

これでコボルトたちが街の外で聖獣の熊と遭遇しても戦闘になることは避けられるだろう。

元気になった熊三号にこの地を任せて、ミナトたちは北の街へと向かう。

「またねー！」

「がお〜」

見えなくなるまで熊三号はミナトたちを見送ってくれた。

順調に一セットを作り終わった後、ミナトはいつものようにレトルト薬を作る。

「みずのお薬にできそうな気がしてきた」

その日の夕食後。眠る前にミナトが呟いた。

「わふ〜？」

「うん、すこし作り方をかえればいける気がする。この瓶に入れよう」

ミナトは瓶を用意すると、早速水薬版レトルト薬の作製に着手する。

「とおゃああ〜〜」

「わふ〜〜」

「はちゃあ〜」

「わふわふ〜」

ミナトは十分ほど変な声を出しながら集中する。タロは横で応援していた。

その声を聞いたジルベルトとアニエス、コリンがやってくる。

「……できた」

ミナトは作製した水薬版レトルト薬を瓶に入れる。

「水薬を作ったのですね」「さすがミナトだな」「すごいです」「わふわっふ」

「えへへへー」

アニエスたちに褒められて、ミナトは照れた。

「わふわあぅふ」

「そうだね。サラキアの書で調べてみよ」

【ミナトの作ったレトルト薬（水薬）】
品質：神級
効能：滋養強壮。（老衰間近の老人でも寿命が三年延びるレベル）
大概の病気は免疫力が高まるので治る。
風邪は死ぬ一時間前ぐらいの衰弱した状態でも治る。
瘴気による病は治る。
大概の呪いも飲めば解ける。
味　：とても苦い。ただし極度に衰弱している場合は甘く感じる。
※老衰間近の老人に使って寿命を延ばせるのは二回まで。

「おお、うまくいった」

「ミナトは天才ですね！」「よ、薬づくりの達人！」「すごいです！」

アニエスたちは手放しで讃え、

「わぁふわふ」「ぴぃぴぃ」「ぴぎぴぎ」

タロたちは、ミナトが褒められたことを、自分のことのように誇らしく思った。

品質と効能は、丸薬バージョンと変わりない。

ただ、衰弱していない者が口にすると、とても苦いらしい。

「どのくらい苦いんだろう」「わふわふ」

ミナトは水魔法で水薬版レトル薬を操って、一滴だけ宙に浮かせる。

それを指ですくって、ぺろりと舐めた。

「あ、すごくにがい！　みずみず」

ミナトは魔法で水を出して、ごくごく飲む。

「あ〜、にがかったー。やっぱり、いつもの丸いやつの方がいいかも」

「わふわふ？」

「え、タロも舐めたいの？　にがいよ？　やめた方がいいよ」

「わふ！」

タロの決意は固かった。

「もう、しかたないなぁー」

ミナトは水薬版レトル薬を指先に半滴ほどつけてタロの鼻先にもっていく。

「……きゃんきゃん」

ぺろりと舐めて、タロは悲鳴をあげた。

「タロ、水のんで、水」

「はふはふはふはふ……はっはっはっは。わふ～」

タロはミナトが魔法で出した水を飲んで「ひどい目にあった」とつぶやいた。

「ねー、すごくにがいよね」

「そんなに苦いです？」

「うん。でも、水を飲んだら、にがいのきえたかも」

口の中に残らない苦さなのは幸いだった。

そうでなければ、タロはまだ、キャンキャン鳴いていただろう。

「効果が同じなら、丸薬でよさそうです？」

「うん、僕もそうおもう。でも……」

ミナトは鞄の中から、古代竜の雛を取り出した。

「この子に飲ませてあげようとおもったの」

体力が著しく落ちていた熊三号は、ミナトのレトル薬を飲んで元気になった。

だから、古代竜の雛も、レトル薬で元気になると思ったのだ。

「確かに効能に滋養強壮がありますもんね。さすがミナト。発想が素晴らしい！」

「ミナトはえらいなぁ。寝ていると丸薬は飲めないものな。天才だ！」

「えへへ。たまたま思いついただけだよ」

アニエスとジルベルトに褒められて、照れたミナトはほおを赤くする。

そんなミナトのほおをタロがベロベロと舐めた。

「ぴぃ？」「ぴぎっ」

ピッピは苦いから飲まないんじゃないかと言い、フルフルはでも甘いらしいよという。

「うん。この子はすごく弱ってるから甘くかんじるかもしれない」

「飲ませてみましょう。もし苦く感じたとしても体にはいいのですから」

「良薬口に苦しっていうしな」

「きっと早く回復するです」

「そうだね！　のませてみよう！」

ミナトは水魔法を使って、瓶に入った水薬版レトルト薬を操る。

「気管に入ったら大変ですし、まずは口を湿らせる程度にしたほうが」

「アニエス。そもそも、竜に人と同じような気管があるのか？」

「それは……わからないですけど」

それを聞いて、ミナトはうなずいた。

「うん、ほんのすこしだけ……」

ミナトは卓越した水魔法の操作技術を発揮する。

一滴の半分もない量を、ぴちょんと幼竜のほんの少しだけ開いた口に落とす。

「苦かった？」

「…………」

幼竜は何も答えない。

「あ、少しだけ舌がうごいた」

「わふわふ」

「あまかったかな？」

「わふ～？」

「また、明日飲もうね」

そう言って、ミナトは幼竜を優しく撫でた。

それから毎食後、ミナトは幼竜に水薬版レトル薬を飲ませた。半滴ずつ、口を湿らせる程度にだ。

「舌の動きがよくなったかも？」

「わふわふ」

タロは、毎回幼竜をベロベロ舐めた。

北の街に到着する予定の前日。

コリンは、村長にキャンプから少し離れた場所に呼び出されていた。

「村長？　なんのようです？」

「なにがあったのだ？」

「なにがって、なんです？」

「熊三号とミナトが契約したとき、なにがあったのだ？」

村長はあれからコリンの表情が暗いことに気づいていたのだ。

「どうしてわかったです？」

「当たり前だ。何があった？　言ってみるがいい」

コリンは躊躇ったあと、熊三号と出会ったときのことを語った。

だが、預言者が現れたことについては語れなかった。

預言者のことをミナトに言わずに隠したからだ。

コリンは、自分が臆病なだけでなく、卑怯者だと村長に思われるのが怖かった。

「僕は臆病者なのです……熊を目の前にして動けなくなったです」

熊を止めなければ、コボルトたちが襲われるとわかっていたのに動けなかった。

「それに、みんなの病気を防ぐために熊と戦わないといけなかったのに……」

それは預言者の言葉だ。

今となっては真偽はわからないが、当時のコリンとコボルトたちは真実だと信じていた。

「……よいか、コリン。勝てないのに挑むのは勇気ではない」

「でも！　戦わなければ守れないです。僕は勇者なのです」

「それがわかっているならばいい。命を懸けるのは何かを守るべきときだけだ」

「でも……」

コリンは守るべきときに勇気を出せなかったからこそ、自分は勇者ではないと考えた。

だが、村長は笑顔でコリンを抱きしめる。

「コリン。そなたは充分に勇気がある。薬草を集めてくれたではないか。堂々としておれ」

村長はそう言うが、コリンは首を振る。

「……村長、僕はミナトとタロ様の従者として失格なのです」

「それこそ、コリンが決めることではないぞ？　至高神様とミナトとタロ様が決めることだ」

「村長……でも」

「コリン。本当にそなたは人のことを思える勇気のある子だよ」

村長の言葉は、どこまでも優しかった。


コボルトの村を出立して三日目のお昼。

遠くに北の街が見えてきた。

「予定より早く着いたな。村長、みんな、疲れてないか？」

「ジルベルト殿。お気遣い感謝です。体調はすこぶる快調です」

「レトル薬のおかげですな」

村人たちは自作のレトル薬を飲んでいる。

そのおかげで、体力の回復が早かった。

「おおー。大きな街だ！　王都とどっちが大きいかな！」

「わふわふ～？」

ミナトとタロは街を囲む壁を見てはしゃいでいる。

「ぴぃ～～」

「ピッピは王都の方が大きいと思うの？」

「ぴっ！」

「おもうじゃなくて、調べたの？　すごい」

ピッピは上空から街の全容を眺めて、どちらが大きいか判断したらしい。

「ぴぎ～？」

「下水道はどうかな？　あるかな？」

「下水道もあるわよ。でも王都に比べたら、しょぼいかも」

「そっかー」「ぴぃぎ～」

サーニャに下水道がしょぼいと聞かされて、フルフルは少し残念そうだ。

しばらく歩いて、ミナトたちは全員で北の街の入り口まで移動する。

「と、とまれ！　なんだそのでかい魔物は！」

「タロだよ！　タロは犬だよ」「わふ～？」

「犬のわけあるか！」

五人いた門番たちは槍を構えてタロに向けるが、アニエスが笑顔で前に出て聖印を掲げた。

「お騒がせしてごめんなさい。みんな私の連れなの。街に入れてくれるかしら？」

「その聖印は……聖女様？」

アニエスの持つ至高神の聖印は一般聖職者の持つ物とは違う。

一般人なら違いに気づけなくても、ちゃんとした街の門番ならば判別できるのだ。

「はっ、そのお犬さまが首に着けておられるのも……」

「わふ？」

門番の一人が、タロの首輪にも至高神の聖印がついていることに気がついた。

それも一般聖職者の物とは違う神獣の持つ聖印だ。

だが、神獣自体が珍しいので、門番は一般信徒とは違う聖印だということしかわからない。

門番は、タロのことを聖女に仕える聖獣だと考えた。

「失礼いたしました！　聖女様とその御一行様！　ノースエンドの街にようこそ！」

門番たちは一斉に頭を下げた。それから門番たちの上司が出てきた。

「申し訳ありません。部下の教育が行き届かず……」

「いえいえ、職務熱心な門番さんのおかげで、民も安心して暮らせるのです」

アニエスは、これぞ聖女の微笑み、みたいな見事な神々しい笑顔で答える。

「ありがとうございます……。あのまことに心苦しいのですが……名前と住所を……」

「もちろんです」

街に入る者の名前と住所を記録しなければならないのが、この街の法律らしい。

それから、全員が順番に名前を紙に記入していく。

「みなさん、住所には神殿と書いてくださいね」

「わかった！　タロとピッピ、フルフルの分も書いておくね？」

「わふ～」「ぴぃ」「ぴぎ」

自分の名前を書くミナトを見て、門番の一人が言う。

「小さいのに名前をかけてえらいな」

「えへへ～。あ、おじさん、この街ってノースエンドっていうの？」

「そうだぞ。北の端って意味だ」

「へー？　ここから北には人が住んでないの？」

ミナトの問いに、隣で名前を書いていたマルセルが笑顔で答える。

「そういう意味ではありませんよ。ファラルド王国の北の端という意味です」

「そうなんだ！　この街を過ぎたら隣の国？」

「そうですね。山が見えるでしょう？」

マルセルが指さしたのは、聖獣が暴れているという噂の山だ。

「あの山のふもとがファラルド王国の国境です」

「かけた！　てっぺんじゃなくて？」

話している間に、ミナトとマルセルは名前と住所を書き終わりコリンに場所を譲る。

「コリン……です……えっと、住所は……神殿……です」

「お、君も小さいのに字をかけてえらいな！」

コリンも門番に褒められている。

コボルトたちは全員、字が読めるし書けるが、街の人間はそうでもないらしい。

ミナトとマルセルは少し離れた場所に移動する。

タロ、ピッピ、フルフルも一緒だ。

「ミナト、いいところに気が付きましたね。尾根に国境を引くのが普通だと思うでしょう？」

「思う」「わふ」

ミナトは真剣な表情でうなずいて、タロも「そう思う」と同意する。

「普通と違うのは、あの山の後ろに竜が住んでいることです」

「ほほう？」「わわふ？」

ミナトはそっと鞄に入った古代竜の雛を鞄越しに撫でる。

「後ろの高い山はもちろん、あの山も竜の領地ということです」

「ほえー」

つまり山周辺はファラルド王国でも、正確には隣国でもないということだ。

「簡単に言うと、竜の管理などできないってことなんだ」

名前を記入し終わったジルベルトがやってきて、補足してくれる。

「どういうこと？」「わふ？」

「えっとだな。あの山の領有を主張するなら、竜もしっかり管理しろって言われるわけだ」

竜が万が一暴れようものなら、周辺諸国から抗議がくる。

それだけならまだしも賠償を求められる可能性だってある。

「だから、竜の領地ということになっている。竜自身は国境になんか頓着してないだろうがな」

「そっかー」「わふわふ～」

マルセルとジルベルトからノースエンドの説明を受けている間に、全員の手続きが終わった。


手続きを終えたミナトたちはノースエンドの街を歩いていく。

「人がいっぱいいる！」

「ぴぎ！」

タロの頭の上に乗っているフルフルが強めに鳴く。

「そだね、ファラルドのほうが人がいっぱいだね」

「ぴぃぎ～」

「そだね、リッキーもいるしね」

フルフルはファラルドに誇りを持っているようだった。

そんなミナトたちは皆に注目されている。

「で、でかい」「大丈夫なのか？」

「門番はなんで入れたんだよ、危ないだろ」

そんな巨大なタロを危険視する声もあるが、

「あ、聖女様じゃないか？　俺ファラルドで見たことあるぞ！」

「俺も見たことがある！　聖女様がノースエンドに来てくださった！」

アニエスが聖女だと気づいた住民が騒ぎ出す。

聖女アニエスは、ノースエンドでも有名だった。

「なに？　聖女様？」「ありがてえありがてえ」「神よ感謝します」

「あの大きな狼っぽい獣も聖女様が連れているなら、きっといい獣だよ」

「ああ、ちげえねえ。あの獣様の顔をみろ。なんて賢そうなんだ」

聖女が連れている獣だと分かれば、タロのことを怖がる住民はほとんどいなくなった。

「わふ？」

タロはきょとんとして、首をかしげながら、その人たちの方を見た。

「こっち見た！　なんて聡明な顔なんだ！」

「わふふ」

褒められたタロは尻尾をゆっくり振る。

「聖女様が連れているお子様も可愛いな。見習い従者かな」

「ああ、あんなに幼いのに聖女様にお仕えするなんて！」

「なんと偉いのでしょう」「末は賢者か大神官だねぇ」

ミナトも街の住民には好評だった。

「コボルトだ。かわいい」「手先が器用なんだって？」

そんな声も聞こえてくる。

コボルトたちの外見は二足歩行の犬だ。つまり、皆とてもかわいいのだ。

街の住民たちの大半はコボルトに好意を持ったようだった。

一方、ミナトとタロは通り沿いにある露店に興味津々だった。

「あ、お菓子がうってる」「わぁふ」

「ん？　お菓子に興味ある？　食べてみたらいいわ。おじさん、そのお菓子いくつある？」

サーニャはミナトたちの返事を待たず、露店からそのお菓子を買い込んだ。

「みんなも食べて」

サーニャはお菓子を大量に買って、ミナトたちに配った後、コボルトたちにも配っていく。

「わー、ありがと、サーニャ」「わふわふ！」

「ありがとうです！」

ミナトたちはお礼を言って、お菓子を口にする。

そのお菓子は、いわゆる焼きリンゴだ。

リンゴの芯をくりぬいて、そこにチーズ、レーズン、はちみつなどを詰め込んで焼いている。

焼きあがった後にさらに砂糖をまぶしてあった。

「甘くておいしい！」「わふわふ」

「リンゴの酸味とチーズのうまみと、はちみつの甘みがおいしいです」

かなり甘いお菓子だ。

だが、酸味の強いリンゴとチーズのおかげで、ちょうどいい感じになっていた。

「おいしいですな」「なかなか癖になります」

コボルトたちも食べて、おいしいと言っている。

その声を聞いて、店主は機嫌よく教えてくれる。

「この辺りは寒いからな。甘いものがおいしく感じるんだ」

「そうなの？」

「そうだぞ。寒いと体を温めるのに甘いものが必要なんだ」

「そうなんだ。甘いもの……ふむふむ。おじさん、これ食べて」

「これは？」

「あんパンだよ。おいしいんだ」

「ほう？」

あんパンを受け取った店主は、少し胡散臭そうにそれを見つめる。

「王都の至高神神殿で作ったものですぞ。今度こちらでも売り出そうと思いましてな」

「神官様！　そういうことなら……」

ヘクトルに言われて、店主は恐縮しながら、あんパンを口にする。

「おお……？　おお！　うまい。いいなこの甘さ」

「おじさん、もっと甘い方がいい？」

「ん？　ああ、これもおいしいが……たしかにもっと甘くてもいいかもな」

「なるほどー。今度神殿で売り出すから、買ってね！」

「おお、わかった！」

そしてミナトたちは歩きだす。

「おじさん、またね！　焼きりんごありがと！」

「おう！　あんパンもありがとうな！　今度買わせてもらうよ！」

しばらくミナトは店主に手を振っていた。

「市場調査と営業をこなすとは。ミナト、やりますな」

ヘクトルが感心すると、ミナトはきょとんとした。

「えいぎょう？」

「無意識とは、さすがはミナトね」

「サーニャもありがと。リンゴおいしかった」

「気にしないで。私も食べたかっただけだし」

そう言って、サーニャは照れていた。

「村長、あんパンはもう少し甘いのも作った方がいいかも？」

「了解ですぞ。ただ普通のあんパンの需要もあると思うのです」

「そうかも。おいしいもんね」

「はい。ですから別の種類として売り出した方がいいかもですな」

「……揚げて、粉糖をまぶしてみますか？」

「おお！　おいしそう。あんドーナツ？」「わふわふ！」

あんパンの計画を話し合いながら、ミナトたちは神殿に歩いて行った。


ノースエンドの至高神神殿は街の北の端に建っている。

「おおー。りっぱだねえ！」

「ぴぎっ」

「そうだね、けど王都の神殿よりは小さいね」

王都の神殿と同様に正方形の敷地に建っている。

だが、一辺の長さは、王都の神殿の半分ぐらい、つまり五百メートルぐらいだ。

それに壁の高さも王都の神殿の半分ぐらい、つまり一・五メートルぐらいだった。

「でも、じゅうぶんおおきいと思うよ」

「ぴぎ～ぴぎっ」

フルフルは、リッキーが直接治める王都が大好きなので、他の街の評価が厳しくなるのだ。

神殿に到着すると、神殿長自らがすぐにやってきた。

もちろん、聖女アニエスを出迎えるためだ。

「聖女様。ようこそおいでくださいました」

「ありがとうございます。実は……」

アニエスは、真っ先にコボルトたちの受け入れについて話し合いを始めた。

「た、立ち話も何なので……」

少し神殿長が引き気味に中に案内するまで、五分ぐらいアニエスは話し続けた。

アニエスとマルセル、ヘクトルがコボルトたちを連れて神殿の中に入っていく。

そんなアニエスの背にジルベルトが声をかける。

「聖女様。俺たちは聖獣の方を調べておく」

「お願いしますね。ジルベルト、サーニャ」

「ああ、任せろ。ミナト、ついてこい」「こっちはまかせて」

そう言って、ジルベルトとサーニャは歩きだす。

ミナト、タロ、ピッピとフルフル、それとコリンはついていく。

「どこで調べるの？」「わふ〜」

「まずは神官たちから話を聞こう。聖獣と精霊について調査をお願いしてあるからな」

王都の神殿から各地の神殿へ、聖女と神殿長の連名で各地に調査をお願いしてある。

リッキーこと、リチャード王もそれとは別に協力を願う手紙を送ってくれている。

その結果、この地域で暴れている聖獣がいると、神殿が報せてくれたのだ。

「どんな聖獣なんだろ。暴れてるってどんなかんじなのかな？」「わふ〜」

「一応軽くは聞いてあるが、それを詳しく聞いてみないとな」

「それに、王都からここに来るまでに状況が変わっているかもだしね」

ジルベルトとサーニャはそう言って、近くにいた神官に声をかける。

「お忙しいところすみません。聖女アニエスの使いなのですが――」

「聖女様の！　何でも聞いてください！」

聖女の威光はとても効果的だった。

どの神官も丁寧に自分の知っていることを教えてくれる。

「……というわけで。はい、被害は拡大傾向にあって……。あの……」

「どうしましたか？」

「この子は？」

ジルベルトの横でニコニコしているミナトのことを尋ねる神官も多かった。

「ミナトです！　この子はタロで、こっちはコリンと、ピッピとフルフルです！」

「わふわふ」「よろしくです」「ぴぃ～」「ぴぎっ」

「自己紹介できて偉いねぇ」

そう言って、神官たちはミナトとコリンの頭を撫でてくれる。

タロについては、神官たちはあまり聞いてこなかった。

それが不思議でミナトは思い切って尋ねた。

「あの！　タロにびっくりしないの？」「わふ～？」

「ああ。それはびっくりしましたよ。ここまで大きいのかって。でも有名ですから」

「タロ、ゆうめいなの？」「わふふ？」

「ええ、聖女様が巨大なお犬様の聖獣を連れているって」

ミナトとタロは王都にしばらく滞在していたので、目撃されることが多かった。

ちっちゃなミナトはともかく、でっかいタロはとにかく目立つし、噂になりやすい。

そのため、ノースエンドの神殿まで、タロの噂は届いていたらしい。

「そっかー。タロは有名犬だね！」

「わふふ」

タロは照れて尻尾を振った。

そんな雑談を交えながら、神殿で一時間ほど情報収集をした。

情報収集を終えると、ひとまず聖女一行に与えられた部屋へと戻る。

情報収集の途中で、神殿長の使いが部屋の用意ができたと教えてくれたのだ。

「……暴れている聖獣は熊と虎か」

「熊も虎も強いから暴れられたら厄介ね」

「そのうえ、確認されているだけで、それぞれ五頭以上か。本当に厄介だな」

被害は拡大傾向にある。

当初は木の実採りや山菜採り、狩猟のために山に入った者が襲われたらしい。

「ここ三日ほどは近隣の村にも被害がでているって話だったな」

「どんどん活動範囲を広げているわね」

「……理性を失いつつあるのかもな。近いうちに死者が出る可能性もある」

これまで、けが人は出ていても死者は出ていない。

それはかろうじて、聖獣の熊と虎に理性が残っているからだと考えられた。

「そういえば、山は竜の国なのに、村人は入ってるの？」「わふぅ～？」

ミナトが尋ねると、タロも首をかしげる。

山は竜の国、ファラルド王国とは違う国、つまり国外なのだ。

「国境線が引かれているわけではないからな。山近くの村の住人はそりゃ入るさ」

「竜は怒らない？」「わふわふ？」

「そのぐらいでは怒らないわ。そもそも竜にとって、人は雀やリスと大差ないの」

サーニャが丁寧に説明する。

竜にとっては、人も雀もリスも等しく小動物に過ぎない。

人にとっての狐と狸の違いぐらいの差しかない。

「もちろん、その小動物がやりすぎたら、竜も駆除しに動くでしょうけどね」

「やりすぎってどんなの？」「わう」

「山の木を全部切ったり、山の動物を狩りつくそうとしたり」

「ほえー」「わふ～」

「だから、村人たちはなんでも採りすぎないように気を付けているらしいわよ」

木の実もキノコも山菜も、動物も、焚き木用の木材もだ。

「理性を失いかけた聖獣の熊と虎か。それが少なくともそれぞれ五頭」

「気合い入れないとね。私たちが最初の死者になりかねないわ」

動物の熊と虎は強い。だが、魔獣の熊と虎は、動物の熊と虎よりずっと強い。

そして、聖獣の熊と虎は、魔獣の熊と虎よりも、さらに強いのだ。

いくら聖女パーティが強いとはいえ、侮れる相手ではない。

「前衛が抑えて後衛が支えて、その隙にミナトが解呪が基本か？」

「それしかないけど、そもそも一対一に持ち込まないと、でしょ？」

「……大変です」

ジルベルトとサーニャとコリンは、どうやって抑えるかを考えはじめた。

コリンはもう緊張気味だ。

もちろん、コリンはともかくジルベルトとサーニャはミナトとタロの強さを知っている。

だが、けして、ミナトとタロに頼った作戦は立てないと心に決めていた。

なぜなら、使徒と神獣が強いとしても、ミナトもタロも子供だからだ。

子供に頼りきった作戦を立てることは、大人としての矜持が許さなかった。

一方、ミナトとタロは全く心配していなかった。

「……熊の聖獣にはあったことあるけど、虎の聖獣にはあったことないね？」

「わふわふ」

ミナトは三頭の熊の聖獣と契約を済ませて【剛力】のスキルをもらっている。

「暴れているってことは、呪われちゃっているんだよね。早く助けないと」

「わふ！」

ミナトとタロが考えているのはいかに早く助けるかだ。

そのためには早く見つけなければならない。

見つけさえすれば助けられると、ミナトもタロも信じていた。

「ピッピ、空からさがせる？」

「ぴぃぴぃ～」

「ありがと、たよりにしてるね。フルフルはあしあとからみつけられそう？」

「ぴぎっぴぎっ」

「フルフルも、ありがと」

「わふわふぅ！　わふ！」

「あ、僕も鼻には自信があるです。タロ様ほどではないですけど」

「タロとコリンもありがと！」

ミナトたちはどうやって聖獣たちを見つけるかを話し合った。

空からピッピ、足跡などの痕跡をフルフルが、匂いをタロとコリンが追う。

そういう方針に決まった。

簡単な話し合いを済ませると、ジルベルトが立ち上がる。

「よし、ミナト。次は冒険者ギルドに行くぞ」

「おおー、登録する？」

「登録は王都でもうしただろ？　あれは大陸共通だからな」

「おおー、そういえばそうだったかも？　じゃあなんで？」

「情報収集だ。サーニャは出発の準備を頼む」

「仕方ないわね。まかせて」

そして、ミナトたちはジルベルトと一緒に冒険者ギルドに向かった。

「冒険者ギルドは初めてです。緊張するですね」

「お、そうなのか？　ならコリンも登録しておくか？」

「できるです？」

「もちろんだ」

冒険者として登録できると聞いて、コリンの尻尾は元気に揺れた。

ジルベルトを先頭にミナトたちは冒険者ギルドに向けて歩いていく。

やはりタロは大きいので注目されていた。

冒険者ギルドの建物は神殿から五分ほど歩いたところに建っていた。

「き、緊張するです」

「そんなに気を張るな。手続きは簡単に終わる。ま、俺に任せ――」

緊張しているコリンにジルベルトが優しく声をかけている横で、

「こんにちはー！」「わふわふ！」「ぴ～」「ぴぎっぴぎっ」

ミナトたちが、元気に挨拶しながら入っていった。

冒険者ギルドの入り口は、同時に数人が従魔と一緒に出入りできるように大きく作られている。

だから、タロも入ることができるのだ。

それでも、タロの大きさは従魔としても規格外だ。

「魔物！」「ひぃっ」

中にいた冒険者たちが、タロを見て一斉に身構える。

そんな冒険者たちに、ミナトは右の手の平をびしっと向ける。

「だいじょうぶ！　タロはかわいい犬だからね！」「わふ～」

「犬って無理があるだろ！」

「犬だよ！　従魔登録もしているし」「わふぅ～」

タロも堂々と胸を張って尻尾を振っている。

そんなミナトのもとに恐る恐るといった様子で、職員がやってくる。

「あの、従魔登録されているということですが、冒険者カードを拝見しても？」

「はい！　どうぞ！」「わふ～」

ミナトは冒険者カードを提示する。

そこにはタロ、ピッピ、フルフルが従魔として登録されていることが明記されている。

「ほ、ほんとだ。従魔登録されてますね。犬？　この子は犬ですか？」

「うん。かわいいでしょ」

ミナトはタロのあごの下をワシワシと撫でる。

「わふふ」

タロは気持ちよさそうに、目をつぶって、尻尾を振っている。

「……かわいい」

冒険者の一人がボソッと言った。

タロは巨大なので、ぱっと見は恐ろしく感じる場合もある。

だが、落ち着いてみれば優しそうな顔をしているし、もふもふでとても可愛いのだ。

「従魔は全部で三頭、いえ、一頭と一羽と一匹？」

「そう！」

「えっと肩にとまっているのがピッピで、タロの頭の上にいるのがフルフルですね？」

「そう！　鳥のピッピとスライムのフルフル！」

「ぴぃぴぃ」「ぴぎぎ～」

ピッピとフルフルを登録したのは一緒に来てくれることになった後だ。

つまり王都を出立する前日のことである。

「はい、確認が取れました。問題ありません。ノースエンドの冒険者ギルドにようこそ」

「ありがと！」「わふわふ！」「ぴぃ～」「ぴぎぎ」

そのやり取りを見ていたジルベルトがボソッと言った。

「ミナトは五歳なのにしっかりしているなぁ」

「そかな？」「わふふ」

タロは「ミナトはすごい」と、自分のことのように誇らしげに尻尾を揺らす。

「僕も頑張るです」

「まあ、ミナトは特別だからな。普通はもっと緊張するもんだ。まずは登録だな」

「はいです！」

「がんばってー」「わふ～」

ミナトとタロに応援されながら、ジルベルトとコリンは登録に向かった。

「ぴぃ～」「ぴぎ？」

ピッピとフルフルは「心配だなぁ」みたいなことを言いながらコリンの後を追う。

どうやら、ピッピとフルフルはコリンのことを弟分だと認識しているようだった。

群れに後から入って来た幼い子供だから、面倒を見てあげようと思っているらしい。

ミナトとタロはコリンを見送って、依頼の貼られた掲示板の方へと移動する。

「どんなのあるかな～」

「わふぅ」

「下水道は嫌なの？　タロは入れないもんね」

「わふ～」

そんなことを話していると、奥にいた冒険者がミナトに声をかけた。

「坊主、そんな小さいのに冒険者やってるのか？」

それは四十代ぐらいに見える冒険者だ。他の冒険者より二回りも大きいし目立っていた。

身長は二メートル近いし頭はつるつるだ。

魔獣の爪でつけられたのか、顔の左側に深い傷痕が縦に三本ついている。

「そうだよ！」「わふ～」

「いや、そっちの犬はまったく小さくないだろ」

「おじさん、タロの言葉がわかるの？」

ミナトは目を輝かせて、その冒険者に駆け寄った。

「いや、わからんが。なんとなくどや顔しているように見えたからな」

「そっかー。びっくりした～」「わふふ～」

そんなミナトに他の冒険者が驚いた様子で言う。

「坊主、レックスが怖くないのか？」

どうやら、そのでかい冒険者はレックスというらしい。

「レックスっていうの？　僕ミナト！　こっちはタロ！」

「わふわふ」

「ああ、それは職員との会話を聞いていたから知ってるよ、レックスだ。よろしく」

そう言って、レックスはミナトに大きな手を差しだした。

「よろしく！」「わふわふ！」

ミナトは、レックスの大きな手を、小さな手で握る。

そして、タロはレックスの手の匂いをふんふんと嗅いだ。

「子供なのに、レックスのことを本当に怖がっていないんだな」

近くにいた冒険者が感心した様子で、改めて言う。

「なんでこわがるの？　でかいから？　タロの方がでかいよ？」

「ばふぅ」

タロは褒められたと思って自慢げだ。

「でかいのもそうだが、顔が怖いだろ。普通の子供は近づくだけで泣き出すぞ」

「うるせえ、ほっとけ」

レックスは苦笑する。

「んー？　全然怖くないよ？」

ミナトは首をかしげて、

「わふわふっ」

タロはそのレックスの顔をベロベロ舐めた。

「なんかわからんが、このでかい犬に俺の方が強いって言われている気がするんだがな？」

「わふ～？」

タロはレックスの目を見つめて首をかしげる。

「…………可愛いな」

「撫でていいよ！　みんなもタロを撫でてあげて！」

「おお、いいのか？」「ちょっと撫でたかったんだ」

冒険者たちが集まってきて、タロのことをモフモフし始めた。

「もっと強くてもいいよ！」

「おお？　こんなかんじか？」

「そうそう！　あと、タロは背中を撫でられるのも好き」

「背中な、こうか！」「撫でられるのが嫌な場所は？」

「わふ～わふっ！」

「きんたまだって！」

「お、おう。そうだな？」

そんな感じで、あっという間にミナトとタロは冒険者たちと仲良くなった。

タロを撫でながら、レックスが尋ねる。

「それで、ミナトは何をしに冒険者ギルドに来たんだ？」

「えっとね～。暴れている熊と虎のお話を聞きに来たの！」「わふわふ」

「熊と虎か。あれは子供には荷が重いぞ？」

「大丈夫！　ジルベルトがいるからね！」「わふ～」

ミナトはカウンターでコリンの手続きを手伝っているジルベルトを指さした。

「あの兄さんは強いのか？」

「Aランクだよ？　あ、僕はFだよ！」

「わぁふ～」

タロはFランクでもミナトはすごいと言っていた。

「A！　それはすごいな」

「あ、Aランクのジルベルトって、剣聖伯爵の孫で聖女様の従者をしている、あの？」

「剣聖伯爵ってのは知らないけど、聖女様の従者だよ！」「わぁふ」

ミナトの言葉で、冒険者たちは一斉にジルベルトの背中を見る。

「おお、あの高名な……」「初めて見た」

「あ、そういえば、聖女様がノースエンドにいらっしゃったって聞いたな」

「てことは、聖女様が連れているでかい魔物ってのがタロか！」

どうやら聖女一行がノースエンドに来たことは、早くも噂になっているらしい。

「ミナトは聖女一行の一員なのか？　小さいのにすごいなあ」

「えへへ。それほどでもない」「わふふ」

ミナトが頬を赤くして照れると、タロも舌を出してはぁはぁして照れた。

「僕たち、この街についたばかりなのにねえ。もうしってるの？」

「聖女様が来られたってのは、それだけ大きなことなんだよ」

「ああ、今頃、神殿には人が集まっているだろうよ」

どうやら、聖女というのは人々にとって、非常に大きな存在らしい。

「だがなぁ。いくら聖女様一行でもやめた方がいいと思うぞ」

冒険者の一人が心配そうに言った。

「熊と虎はそんなに強いの？」

「もちろん強い。だがそれ以前の問題なんだよ。そもそも熊と虎と戦えない」

「どういう意味？」「わふ〜？」

「それはだな……幽霊が出るんだ」

「そういう魔物がでるってこと？」

「ちがう。アンデッドの死霊《レイス》とかとは違うんだ」

「む？」「わふ？」

「体験するまでは、誰も信じないんだがな……。まあ俺もそうだった」

これまで熊と虎を討伐する依頼を受けたパーティはいくつもある。

皆、力量のあるベテランだったが、熊と虎と戦えたパーティはない。

「パーティが山に入ると、なにかがつかず離れず、ずっとつけてくるんだ」

「なにかってなに？」「わふ〜？」

「だから、幽霊が、だよ」

魔力も気配も感じないが、ぼんやりとした若い女の幽霊がじっとこちらを見ているのだという。

「みてるだけなら害はないと思うだろう？」

「うん。思う」「わふ」

「ベテランパーティだ。死霊とだって戦ったこともある。幽霊ってだけでビビったりはしない」

「ふむふむ」

「だがな、奥に進めば進むほど、恐ろしくなるんだ」

ものすごく恐ろしくなって、鼓動が速くなり息が荒くなる。

平静ではいられなくなり、まともな判断ができなくなり、どうしてもその場にいたくなくなる。

そして全員がパニックになり、奥に進むなんてとんでもないという状態になる。

「そうやって皆逃げかえって来るんだ」

「じゃあ、幽霊をたおそうってことにはならないの？」

「それは皆思う。だが幽霊は見えるが、そこにはいないんだ。それが死霊とは違うところだ」

「ん～？」「わぁぅ？」

「つまりだな。死霊とかの霊体はな。物理的な実体はなくともその場にいるから倒せるんだ」

「ほうほう？」「わふわふ？」

「だが、その幽霊はその場にすらいない。魔力も何もない、見えるだけなんだ」

何を言っているのかわからなくて、ミナトとタロは首を傾げた。

「まあ、聞いただけだと信じられないよな。だが本当だ」

「次に行った奴も、その次に行った奴も、その次も。みんな同じ目にあった」

「だから、やめておいた方がいい」

冒険者たちは真剣にミナトを心配している。

そして、レックスは険しい顔でじっとミナトを見つめていた。

そのとき、ジルベルトがミナトの頭をぽんぽんと叩く。

「普通の奴らに対処できないものに対処するのが聖女パーティだ」

「あ、ジルベルト！　コリンは登録できた？」

「できたです。でも幽霊って、怖いです……でも、いくですよ！」

コリンは、やる気だった。その目からは強い意志を感じられた。

冒険者たちは心配そうに、

「やめた方が……」

と止めたが、ジルベルトたちの意思が固いと知ると、

「なら、俺も同行しよう。俺はBランクだ、足でまといにはならないはずだ」

とレックスが言った。

「レックスが？　えー、大丈夫？」

「Bランクになってから俺を心配したのは、ミナトが初めてだよ」

呆れたように言うと、レックスはジルベルトに言う。

「どうだ？　山の案内人がいたほうがいいだろう？」

「うーん。そうだな。……ミナトはどう思う？」

「ん？　レックスが大丈夫なら、来てもらったほうがいいかも！」

「そうか。なら、来てくれ」

ミナトが同意したので、レックスの同行が決まった。

あっさり決まりすぎて、レックスの方が少しひいている。

「聖女様に相談しなくて良いのか？」

「まあ、いいだろ」

そんなレックスにミナトは右手を差し出した。

「あらためて、よろしくね！」

「おお、よろしく頼む」

「じゃあ、アニエスたちを呼んで、さっそく山に行こう！」「わふわふ！」

「待て待て。今からか？　山を舐めるな」

レックスが慌てる。

「ん？　早い方が良いよ？」「わふ〜」

「準備が必要だ。この時季なら雪が降りかねんぞ？」

「雪！」「わふ！」

「雪山装備を調えた方が良い」

「わかった！」「わぁぅ！」

そして、ミナトたちは冒険者ギルドを出て、神殿に戻った。

神殿でアニエスたちと合流すると、自己紹介を済ませて、装備を調えに店に向かう。

「ほんとに……あっさりしてるんだな」

店に向かう道中呟いたレックスの言葉に、サーニャが反応した。

「なにが？」

「いや、案内人として俺を同行させるか決めるまでに、もっと話し合いがあると思ってた」

「ミナトが良いって言ったんでしょ？　なら、いいでしょ」

「なぜだ？」

「だって、ミナトだからね」

サーニャはどや顔で、そう言った。

レックスはミナトが使徒だと知らない。

だから、五歳児の判断が信頼されている理由がわからなかったのだ。


防寒具を含めた雪山装備を販売している店に到着すると、

「ミナト、これはどうですか？」

「あったかそう！」

「なら、買っておきましょう」

アニエスが中心となって、ミナトの服を選んでいく。

ミナトの服はサラキアの神器なので、新しく装備を買わなくても問題ない。

だが、もこもこの帽子とか、コートの上に羽織るもこもこな上着とか、手袋とかを買っていく。

「コリン。尻尾は中に入れた方がいいの？」

「どっちでも大丈夫です。あ、でも、僕は毛があるので――」

「いいからいいから。あ、これ可愛い」

遠慮するコリンの服をサーニャが選んでいった。

服を選び終わったころ、ミナトがいいことを思いついた。

「あ、そうだ！　そりも買おう」

「わふわふ！」

タロは嬉しくなって尻尾を振る。

ミナトとタロは、昔テレビで犬ぞりをみたことがあったのだ。

「レックス、でっかいそりって売ってないかな？」「わふぅ～」

「馬がひくそりはあるが……。それでいいか？」

「いい！」「わふわふ！」

ミナトは、馬が荷物をひくためのそりを買ったのだった。

そりを手に入れたころには、日が沈んでいた。

「今から――」

「ミナト、馬鹿なことを言っちゃいけねえ。日没後に山に入るなんて、自殺行為だ」

「そうなの？　魔法で――」

「そりゃ、すごい魔導師の先生もいるんだろうが――」

レックスはマルセルを見る。

「魔法はパーティの命綱だ。それも限りある命綱だ。最初から消費してどうする？」

「なるほど～」「わふ～」

ということで、明日の早朝、日の出と共にノースエンドを出発することになった。

その日、ミナトたちは神殿に泊まることになった。

聖女であるアニエスや、剣聖伯爵の嫡孫であるジルベルトは領主の訪問を受けて忙しい。

だが、それ以外の者たちは、のんびり過ごした。

「こねこねこね」「わふわふわふ」

ミナトとタロは神殿の庭で神像を作る。

「あの、それは？」

神像から発せられる神聖力に気づいた神官がミナトに尋ねる。

「サラキア様の像だよ！　そしてこっちが至高神様の像！」

「わふ～」

ミナトの技量の上昇は凄まじく、サラキアの像は可愛らしい。

タロの作った至高神像も、少し進歩していた。

だが、まだ直立した犬のうんこに似ていた。

「あ、あの、その神像、どうか売っていただけませんか？」

神官は思わずそう言っていた。

ミナトの作ったサラキア像は可愛らしい出来の良い像だし強い神聖力を感じる。

タロの作った至高神像は不格好で、まるでうんこだが、強い神聖力を感じた。

彼は神聖力を感じられる上級の神官だったので、神像の価値を理解したのだ。

「いいよ！　泊めてもらうし、ご飯もごちそうになるから、あげる！」「わふわふ～」

「そ、そういうわけには……」

「じゃあ、かわりにコボルトさんたちのことお願いね」「わふ！」

そう言ったミナトとタロの表情は真剣だった。

「わかりました。非力ですが、頑張ります」

「ありがと！　あ、これもあげる！」「わふわふ～」

ミナトとタロはこれまでに作った神像を五体ずつ手渡した。

「ちょっとした瘴気と弱い呪者も除けられるから、便利に使ってね！」

「あ、ありがとうございます。……あなたは？」

こんなすごい像を作れるとは、ただの五歳児とでっかい犬ではないはずだ。

「まだ、ないしょ！」「わふわふ！」

笑顔でそう言うと、ミナトとタロは走って部屋に戻っていった。

四章　氷竜王の山とちっちゃい使徒《ようじ》とでっかい神獣《こいぬ》

次の日。まだ太陽が昇っていない時間にミナトたちは神殿を出た。

神殿まで迎えに来た案内人のレックスと共に、ノースエンドの街中を歩いて行く。

「この時間だと冷えますな」

ヘクトルがそう言うと、

「防寒具を買っておいて良かっただろう？　山に入ればもっと冷えるぞ」

レックスはにやりと笑った。そして、昨日と同じ格好のミナトを見る。

「ミナト、寒くないのか？」

「寒くないよ？　このコート暖かいんだ」

「へー」

そんな会話を交わしながら、ノースエンドを出て、山へと歩く。

まだ地面が雪で覆われていないので、昨日買ったそりはサラキアの鞄に入れたままだ。

街道をしばらく進んでから、脇の小道にそれて山へと向かう。

どんどん道は細くなり荒れていく。

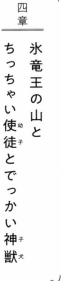

山に近づくにつれて気温がみるみるうちに下がっていく。

「異常に寒いですな。至高神様の祝福がなければ、関節がつらかったところですぞ」

ヘクトルが呟くと、サーニャが息で手を温めながら言う。

「やっぱり、寒いと関節って痛むの？」

「痛みますな」

「じいさんでなくとも、この寒さはきついな。手が冷えるといざというときに困るからな」

ジルベルトは手袋をはめる。

「なるべく手袋はしたくないんだが……」

「感覚が鈍るからです？」

最近ジルベルトに弟子みたいに剣術を教わっているコリンが尋ねる。

「そうだ。だが、かじかんでいるよりはずっとましだ」

「なるほどです。僕も手袋をしておくです」

そんな剣士二人を見ながら、マルセルも手袋をはめる。

「まだ標高も街と大差ないし、そんなに寒くなるわけがないって言いたいが……」

「本当に寒いですよね」

アニエスがもこもこの帽子をコリンに被せながら言う。

「まるで三か月ぐらい時が進んだみたいですな」

ヘクトルが言うとおりだった。

ノースエンドにいた時は、ミナトの前世基準で九月下旬ぐらいの気温だった。

それが今は十二月末ぐらいの寒さ、つまり真冬に近い。

「わははははは！」

「ばうばうばうばう！」

だが、ミナトは荒れた道など平気で駆け回る。

朝ご飯を食べたため、タロは走ることを禁じられているので尻尾を振ってミナトを応援した。

「はしゃぐな。バテるぞ！　手袋ぐらいしろ！」

「レックス、ありがと！　だいじょうぶ！」

「本当に、大丈夫か？」

レックスが心配するなか、ミナトは元気に走り回った。

コリンはずっと緊張しながらついていく。


ノースエンドを出て二時間たち、ミナトたちはうっそうとした森の中にいた。

「この辺りから本格的に山道だ。気合いを入れてくれ」

「レックスさん。熊と虎はこのあたりに？　警戒しないとですね」

「聖女様、生憎だが、熊と虎に会えた冒険者はいない」

「幽霊、ですね？」

幽霊と呼ばれる存在をなんとかしなければ、聖獣には会えないのだ。

「まあ、幽霊には、会ってみないとなんとも言えんな」

「そうですね、進むしかないですな。サーニャ、索敵を厳に」

「わかってるわ」

ジルベルトとヘクトル、サーニャが気合いを入れ直している横で、ミナトが呟く。

「うーん、いやな気配がする」

「嫌な気配？　ってなんだ？」

「レックスはなにも感じない？」

「感じないが……。ミナトは何を感じているんだ？　呪いの類いか？」

「呪いの気配もしてるんだけど、うーん、なんて言えばいいんだろう。なにもないがあるかんじ？」

「意味がわからん」

「わふっ！」

「そう！　タロいいこと言う。気配を消している気配！」

「そうか？」

それはミナトとタロ以外は感じていない気配らしかった。

「もっと近づけばわかるかな？　とりあえず、ピッピ、空から熊と虎を探して」

「ぴぃ〜」

「タロとフルフルも探してね」

「わふ！」「ぴぎぴぎ」

「コリンは僕と一緒に行こう」

「わ、わかったです」

「じゃあ、いこー」

「わふわふ〜」「ぴ〜〜」

ピッピが空に飛び上がり、タロは駆け出した。

「わはははは！」

「ま、まってです！」

ミナトとコリンも走り出す。

「待て待て、俺たちも行く！」

「うん！」

ミナトとコリンに、ジルベルトたちがついていく。

「いいのか？　子供に好き放題やらせて」

「それが結果的に一番うまくいくからな」

ジルベルトが笑顔でそう答えても、レックスは怪訝な表情を変えなかった。

「……これじゃあ、案内人としての俺の立場が」

「まあ、気にすんな」

さらに五分ほど山道を進むと、

「あ！　幽霊ってあれ？」

ミナトが遠くに浮かぶ人影を発見した。

「どうだ？　すごい恐怖だろう？　だからこれ以上進めないんだ」

レックスが険しい顔で、体を震わせながら、叫ぶように言う。

「確かにやべーな。理屈じゃなく怖い。マルセル、これは魔法か？」

「魔法なのか？　わからん。魔法なら精神支配系の魔法だが、魔力を感じない」

「……奇跡でもないですね」

「ええ。至高神様の奇跡でも、呪神の呪いでもないですな」

「なに？　これ、こっちが獲物になったかのよう」

アニエスたちは脂汗を流して、必死に耐えている。

そして、コリンはガタガタと震えて、声を出すことすらできていない。

「ひ、ひぅひぅ……」

「大丈夫だよ？」

ミナトはそんなコリンの手を握る。

「ミナトは、はぁーはぁー……平気なのですか？　はぁーはぁー」

アニエスは深呼吸を繰り返している。

「うん。平気。うーん？　うん？」

ミナトはコリンの手を握ったまま、じーっとその幽霊を見つめる。

「あ、わかったかも？」

「なにが、わかったんだ？」

「これ、魔法だ！」

「ですが、魔力を感じません！」

「そう？　感じるよ？　ちょっとまってて。えーっと」

ミナトは真剣な表情で、三秒ほど考える。

「水はダメだし、火もダメだし……うーん」

「ミナト、なんの話ですか？」

「何を使えばいいかなって。サラキアの書……あ、そうだ、これを使えば」

そう言った後、ミナトは右手で聖印を摑んで上に向ける。

「ちゃあ〜〜」

ミナトの気の抜けた声が響き渡ると同時に、右手が輝いた。

「これは？」

「灯火《ライト》の魔法だよ！」

灯火の魔法は神聖魔法ではあるが、生活魔法と誤解されるほど初級の魔法だ。

だが、ミナトには凄まじい魔力と、高い神聖魔法のレベルがある。

およそ灯火の魔法とは思えないほど眩い聖なる光が周囲を照らす。

「えっとねえ。木とか動物とかをまきこまないようにして、魔法を壊したかったの」

「幽霊の魔法を？」

「そう！　壊す方法がわからなかったから、魔法をぶつけるのが早いかなって」

「まあ、別の魔法をぶつけて、相殺するのはよくある手段ではありますが……」

マルセルは、幽霊が本当に魔法を使っているのか疑問に思っていた。

なにせ、魔力を全く感じなかったからだ。魔力を感じない魔法など存在しない。

だが、ミナトの灯火の魔法で周囲が照らされると、

「空が割れただと？」

マルセルが思わず呟く。

今まで気づかなかったが、周囲一帯の森を透明なドームが覆っていた。

それが、ミナトの灯火の魔法によって、砕け散ったのだ。

「ね？　今はもう魔力感じるでしょ？」

「感じます……。どういうことですか？」

アニエスの疑問にミナトは笑顔で答える。

「えっとね。魔法に気づかない魔法をかけてから、幽霊のふりをしてたから、気づかなかったの！」

「どういうこと？」

ミナトの説明はわかりにくかった。

サーニャの疑問に答えたのはマルセルだ。

「つまり、私たちは気づかぬ内に精神支配をかけられていたってことです」

「僕はフルフルたちから貰った【状態異常無効】のスキルがあるからねー」

幽霊がかけてきた精神支配の魔法は二種類あった。

一つ目は魔力に気付かせない魔法。二つ目は恐怖を与える魔法だ。

「ミナト、さっき言っていた嫌な気配ってのはこれだったのか？」

「違うよ？　いやな気配はまだしてる」

そう言いながら、ミナトは幽霊に向かってまっすぐ歩いて行く。

「魔法がとけたら話せるね」

「危ないぞ！」

「大丈夫。味方だよ」

「そうか。ならいいんだが……」

そう言いながらも、ジルベルトはミナトをかばうようにして前に出る。

「待て待て、俺も行く！」

慌てたようにレックスが後を追い、その後ろをアニエスたちとコリンも追った。

「もう、怖くないです」

みな精神支配が解けているので、震えている者はいない。

幽霊は姿を隠そうとも逃げようともしなかった。

ミナトが近づいてくるのをじっと待っている。

「あなたはだあれ？　なんの精霊さん？」

『……………お待ちして……おりました。サラキア神様の使徒様』

その幽霊とされていた者は、ふわりと地面に平伏した。

幽霊は瞳も髪も皮膚も青白い少女の姿だ。

青白い髪は自分の身長よりも長く寒々しかった。

服は簡素な貫頭衣である。

「サラキア神様の使徒様？」

レックスが驚いてミナトを見る。

『我はこの地を守護せし、氷の大精霊』

「そっか。あっ、ちょっと待ってね」

ミナトは氷の大精霊の頭に手を乗せる。

「ほちゃあ～～」

ミナトが相変わらず気の抜けた声を出しながら、手から神聖力を発する。

すると、氷の大精霊の左脇腹から、黒いなにかが弾けて消えた。

「これでよしっと。すこし手こずったけど解呪成功！」

『ああ、ありがとうございます。使徒様。とても楽になりました』

「手こずったように見えませんでしたが……」

アニエスがそう呟いたぐらい一瞬だった。

「でも、いつもよりむずかしかった……。この辺りなんか解呪しにくいかも」

ぼそっと言った後、ミナトは氷の大精霊に優しく語りかける。

「そんなことより、氷の大精霊さん。疲れたでしょ？　これ食べて」

ミナトは自作の神級レトルト薬を氷の大精霊に差し出した。

『ありがとうございます……おお、力があふれてきます』

「よかったよかった！」

『ふう、使徒様、このご恩は……え？　レックス。あなた、ここで何をしているの？』

氷の大精霊はお礼の途中で、レックスに気づいて、目を見開いた。

「それは……えっと、話せば長くなるんですが……」

「氷の大精霊さんはレックスと知り合いなの？」

『はい。レックスは昔からの盟友の家臣です』

「家臣？　盟友ってだれ？」

『あの山に住まいし、氷竜王です』

そう言って、大精霊は背後の大きな山を指さした。

「おお！　氷竜王のお友達なんだ！　すごい……え？　ということはレックスは竜？」

「そうなる。隠していたわけでは、いや、隠していたんだが……」

レックスの様子を見て、大精霊はため息をついた。

『事情はわかりました。使徒様、ご説明しても？』

「うん！　教えて」

『数週間前、この周辺に呪神の使徒がやってきました』

呪神の使徒と聞いて、アニエスたちに緊張が走る。

『聖獣である熊や虎は呪われし者となり、暴れる獣と化しました』

その情報を得てミナトたちはやってきたのだ。

『しかし、呪神の使徒の真の狙いは私と氷竜王です』

「良く無事だったね？　少し呪われてたけど……」

呪神の使徒がやってきて、それだけで済んだのは幸いだったと言えるだろう。

氷の大精霊が意思なき魔物となり、瘴気をまき散らす存在になっていてもおかしくない。

ミナトが救った湖の大精霊メルデのようにだ。

「大変だったね」

『はい。私が無事だったのは、氷竜王が私をかばい隠してくれたからです』

そうでなければ、氷の大精霊もメルデと同じようになっていたに違いなかった。

『私をかばったせいで、氷竜王は……完全に呪われ、あの山で苦しんでいます』

「……幽霊のふりをしてたのはなんで？」

『聖獣たちに弱き人を殺させないためです。それが氷竜王の願いであったゆえ』

ノースエンドの冒険者たちはとてもではないが、熊と虎には勝てないと判断されたらしい。

だから大精霊は冒険者を守る為に幽霊のふりをして追い返していたのだ。

「レックスも？　冒険者を守る為に人のふりをしてたの？」

「俺は違う。強い人族を連れていくために動いていた」

レックスは少し躊躇った後、語り始めた。

呪神の使徒の接近に気づいた氷竜王はレックスを側に呼び、命じたのだと言う。

「聖獣と大精霊を助けられる人を探せと」

「え？　氷竜王のことを助けられる人は探さなくていいの？」

「呪われし王を助けられる者などいない。だから王は命じなかった」

竜というのは世界で最も強い種族だ。その王は、世界最強の一頭である。

その王が呪われてしまえば、もう為す術はない。

レックスは大精霊と聖獣を救った後、人族には逃げろと説得する予定だったと言う。

「それが王のご意志だ」

氷竜王は、できる限り抵抗し続けてなんとか体の支配権を取り戻し自死するつもりだと言う。

それまでに人の国がいくつか滅びるかもしれないが、そうするしかない。

「だが、使徒様がいらっしゃったならば、話は別だ」

レックスは突然、ミナトに向かって土下座した。

「使徒様と知らなかったとはいえ、無礼の数々、どうかお許しを」

「いいよ～」

「使徒様！　どうか、我が主、氷竜王を助けてください！」

「いいよ〜」

あっさりとミナトは了承した。

慌てたのは氷の大精霊である。

『お待ちを、サラキア様の使徒様！』

「ミナトでいいよ〜。ミナトがいいな。お願い」

『あ、はい。ミナト様！　お待ちください』

「なに？」

『氷竜王の住処は、人の身でたどり着ける場所ではありませぬ』

「でも、呪神の使徒はたどり着いたんでしょ？」

『それだけではありません。氷竜王の周りには強大な竜がいます。いくら使徒様でも――』

「だいじょうぶだと思う」

ミナトの言葉に氷の大精霊は首を振る。

『確かに私と契約すれば、氷結には強くなります。ですが竜たちは強いのです』

「それもだいじょうぶだと思うけど……」

『ミナト様は竜の強さを知らないからそんなことが言えるのです！』

「そんなにつよいの？」

『ええ！　一軍を簡単に滅ぼせるほどの竜が何頭もいるのです。しかも皆呪われています』

大精霊の言葉を聞いて、

「やべーな」

「リチャード王が聞いたら真っ青になるでしょうね」

ジルベルトとマルセルは、あまり緊張感もなくそう言った。

『あなたたちも、竜の恐ろしさを理解していません！　竜というのは――』

「ばぅふ？」

氷の大精霊の後ろから、タロがやってきた。尻尾を元気に振っている。

「氷の大精霊さん、タロと竜、どっちがつよそ？」

『え？　あ、はい。あ、うーん？　えーっと、こちらの御方ですかね？』

混乱して氷の大精霊は固まって、タロとミナトを交互に見る。

「GAAAAAAAA！」

タロは自分より大きな熊を咥えて、引きずっていた。

巨大な熊はその鋭い爪でタロを傷付けようと暴れているが、タロは意に介していない。

「ばふばふ」

タロは「みつけた！」と鳴きながら、どや顔で、尻尾を振っている。

「熊さんを連れてきてくれたの？　タロ、ありがと。ちゃあ～」

ミナトは熊を解呪する。

「がお」

解呪されたとたん、聖獣熊がミナトに体を押しつけて甘えはじめた。

「もう、だいじょうぶだよ、でもやっぱり解呪しにくいなぁ」

『え？　あ、神獣様？　です？』

「そだよ！　タロは至高神様の神獣なんだ。竜とタロ、どっちがつよそ？」

氷の大精霊が返事をする前に、

「GAAAAAA」「GUOOOOOO」

「GYAAAAAA」

周囲から恐ろしい咆哮と、

「ピイイイイイ！」

ピッピの鋭い鳴き声が聞こえてきた。

「わふ〜」

「あっ、ピッピとフルフルが連れてきてくれてるの？」

ピッピは上空から、呪われた聖獣たちを火魔法を駆使して追い立てている。

「ぴぎっぴぎっ！」

フルフルは自らをおとりにして、呪われた聖獣たちを引きつけているようだ。

「一気に相手にするのは下策だ」

「ミナト。こういうときは各個撃破が基本ですぞ？」

ジルベルトとヘクトルがそう言いながら身構える。

「大丈夫、解呪すれば良いからね」

「GAAAA」

「ちゃあ～」

「GUOO」

「ちゃ～」

「GYAAA」

「ちゃぁ～」

木々の間から、呪われし聖獣が顔を出した瞬間にミナトの解呪が炸裂する。

あっというまに、モフモフの山ができあがる。

熊六頭に、虎七頭。全部で十三頭だ。

熊も虎も体が大きいので、モフモフ密度が非常に高い。

「がう」「ぐお～」「ごろごろ」

熊と虎の聖獣たちは、ミナトにお礼を言って、甘え始めた。

「何度見てもミナトの解呪には驚かされますね」

「やっぱり、腕を上げたか？」

アニエスとジルベルトがそう言うと、ミナトは熊と虎を撫でながら首をかしげる。

「うーん。やっぱり、ちょっと、ズバッてかんじがなかった」

「ズバッ？」

「そう」

ミナトは自分の右手を見つめる。

先ほどから、なにかに解呪が妨害されている気がしていた。精霊を助けたときもそうだった。

周囲から感じる嫌な気配のせいかもしれない。

ミナトが考えていると聖獣たちはアニエスたちにも甘え始めていた。

「……可愛いですね。なんて人なつっこい虎でしょう」

「もふもふね！」

アニエスとサーニャは撫でまくっている。

「はわわわ。熊怖いです」

そんなことを言いながらも、コリンも熊を撫でていた。

「ピッピ、フルフル、ありがと」

「ぴぃ～」「ぴぎぴぎっ」

ミナトはピッピとフルフルを撫でた後、サラキアの鞄から神級レトル薬を取り出した。

「みんな、大丈夫？　これ食べて？」

「がう！」「ぐお！」「ごろごろ」

神級レトル薬の効果は非常に高く、たちまち聖獣たちは皆元気になった。

「元気になっても、油断しちゃ駄目だよ？　しばらくはゆっくりしてね？」

「がうがう」「ぐおぐお」「ごろろ」

「嫌な気配がしているでしょ？　多分そのせいで、回復も遅いと思うんだ」

「がうぅ」「ぐおお」「ごろ」

その様子を見ていた氷の大精霊が呟いた。

『皆、けして弱くないのに……。苦戦すると思っていたのに……なんと……』

「氷の大精霊さん。タロなら氷竜王より強そう？」

改めてミナトは尋ねた。

『はい。明らかに』

「……臣下として、言うべきではないかもだが、我が王より強い」

レックスもぼそっと言った。

「じゃあ、タロ。氷竜王を助けに行こうね！」

「わふっ！」

タロは力強く「まかせて」と吠えた。

「恩に着る。サラキア様の使徒様。そして至高神の神獣様」

「ミナトとタロって呼んで」「わふっ！」

「だが……」

「いいから！　口調もいままでどおりでね！」「ばう！」

「わかった。ミナト。タロ様」

そんなレックスの顔を、タロはベロベロと舐めた。

ミナトは周囲にいる聖獣たちを撫でながら見回す。

だいたい、みんなほっとして甘えている。だが一頭だけ険しい雰囲気の虎がいた。

「……みんな、他に呪われている子はいるの？」

「がう」「ぐるる」

「そっか、いないんだね。じゃあ、何が心配なの？」

ミナトが険しい雰囲気の虎に尋ねると、その虎はミナトの手をペロペロ舐めた。

「きゅーん」

「え？　妹がはぐれちゃったの？」

「がぁぅ～」

「呪われてはいないんだ。ううむ。山の方に行っちゃったの？」

「がるる」

「それは大変だ。でも安心して。助けてくるからね」「わうわふ」

「がう～」

「ついていきたいの？　でも、僕たちにまかせて。その方が早いからここで待ってて」

ミナトは心配で付いていきたいと言う虎をなだめる。

虎は神級レトル薬で元気になったとはいえ、病み上がりの状態なのだ。

虎の聖獣との会話に一区切り付いたところで、ジルベルトが尋ねた。

「つまりどういうことだ？」

「えっとね。この子の妹の子虎が山に行っちゃったんだって」

た。


「何で山に？　こっちより環境は厳しいだろ」

「お姉ちゃんが呪われたから、氷竜王に助けてくれって言いにいったんだって」

聖獣たちが呪神の使徒に襲われたとき、まだ赤ちゃんだった子虎は姉によって隠されて無事だった。

一頭だけ無事だった子虎は、姉たちを救う為、氷竜王の助力を求めて山に登った。

子虎は氷竜王が呪われていることを知らなかったのだ。

「……無謀です。命がけじゃないですか」

アニエスがぼそっと言うと、

「……勇気があるです」

コリンが、子虎が向かったという氷竜王の住まう山をじっと見つめて呟いた。

「そだね。助けないとね。急がないと！」

「ばう！」

「あ、そうだね。その前にみんなと契約していい？」

「がうがう」「ぐるる～」

ミナトは熊六頭と虎七頭と契約を済ませる。

虎も熊も番号が気に入ったらしく、熊四号とか虎一号みたいな名前になった。

「氷の大精霊さんも、僕と契約してくれる？」

『もちろん、お願いします。ですが……名前は号じゃないほうが……』

「そっかー。どういうのがいい？」

『ミナト様が考えてくださった名前で号系じゃなければ……なんでも……』

ミナトに考えさせたら氷一号とかになる。

だが、号は嫌だと氷の大精霊が言うので、ミナトは悩んだ。

「うーんうーん」

「わふ～わふ～」

「ん？　なるほど？　たしかに冷たいもんね。タロは頭が良いね！」

「わふ！」

『えっと、ミナト様、タロ様、私の名前が決まったのですか？』

「うん。モナカってどうかな？」「わふわふ」

『モナカですか？　よい響きですが、どういう意味でしょう？』

「アイスっていう、冷たくて美味しいお菓子で、僕とタロが気に入ってるんだ」

『それはすばらしい！』

そういうことで、氷の大精霊の名前はモナカとなった。

モナカ、つまり最中は別に最中アイスだけを指す言葉ではない。

昔からある茶色い皮であんこなどを包んだ甘いお菓子だ。

むしろ冷たい最中は主流とは異なっている。

だが、ミナトが食べたことのある最中はアイスと小豆の入った最中アイスだけだったのだ。

前世のミナトが小学生の頃、母親の恋人が気まぐれに最中アイスを買ってくれた。

それをミナトはタロとわけて食べて、とても美味しかった。

それ以来、ミナトとタロにとって、最中とは最中アイスのことだった。

「じゃあ、君の名はモナカ！　よろしくね！」

そうして、ミナトは氷の大精霊モナカとの契約を済ませたのだった。

「ばうばう！」

「あ、そうだね、しばらく確認してなかった。確認しとこっか」

サラキアの書にも「ステータスは小まめに確認しよう」と書かれていた。

ミナトはサラキアの書を開いて、ステータスを確認した。

ミナト（男／５歳）
ＨＰ：４３５／４２７↓５０８　ＭＰ：６０５／６００↓７８５
体力：４１６↓４６７　魔力：５３５↓６４７　筋力：３７１↓４９３　敏捷：４６０↓５０２
スキル
「使徒たる者」
・全属性魔法スキルLv９↓15　・神聖魔法Lv30↓40　・解呪、瘴気払いLv95↓１１２
・聖獣、精霊と契約し力を借りることができる　・言語理解　・成長限界なし　・成長速度＋

「聖獣、精霊たちと契約せし者」
・悪しき者特効Lv２８５→３６３
・火炎無効（不死鳥）・火魔法（不死鳥）Lv１３６
・隠れる者（鼠）Lv72・索敵（雀）Lv44・帰巣本能（鳩）Lv28・鷹の目（鷹）Lv75
・追跡者（狐）Lv84・走り続ける者（狼）Lv53→56・突進（猪）Lv30
・登攀者（山羊）Lv25・剛力（熊）Lv48→１３９・細工者（コボルト）Lv30
・回避する者（コボルト）Lv60
・水魔法（大精霊：水）Lv１３７→１３９・水攻撃無効（大精霊：水）
・毒無効（スライム）・状態異常無効（スライム）
Ｎｅｗ
・製薬スキルLv15・切り裂く者（虎）Lv56
・氷魔法（大精霊：氷）Lv１３０・氷結無効（大精霊：氷）
契約者
聖獣２３７体
・不死鳥２羽・ネズミ70匹・雀42羽・鳩25羽・鷹10羽・狐12匹
・狼５頭・猪３頭・ヤギ２頭・熊９頭・虎７頭・スライム20匹・コボルト30人
精霊２体
・湖の大精霊メルデ・氷の大精霊モナカ

称号：サラキアの使徒
持ち物：サラキアの書、サラキアの装備（ナイフ、衣服一式、首飾り、靴、鞄）

聖獣と精霊との契約によるレベルアップだけでなく、成長速度＋のレベルアップもある。

おかげで、ミナトの能力はあり得ないほどの成長をみせていた。

「おおー、寒さにつよそう。そういえば寒くなくなったかも」

だが、ミナトは氷結無効の文字に釘付けだった。

「わふわふ！」

タロは「ミナトはすごい」と大興奮で尻尾を振った。


ステータスの確認を済ませると、ミナトはモナカと聖獣たちに言う。

「みんなは、ここでゆっくりしててね。すぐ氷竜王を助けてくるから」

「がう」

「うん、子虎も捜すね」

『タロ様がいらっしゃるなら大丈夫だとは思いますがくれぐれもお気をつけください』

「うん！」「わふ！」

そんな話をしている横で、ジルベルトがレックスに尋ねる。

「レックスは竜なんだろ？　それなら氷竜王の元まで、俺たちを乗せて空を飛んでいけないのか？」

「いけるが……竜の姿で近づけば、呪われた竜たちが襲ってくるぞ？」

「どういうことだ？」

「氷竜王の山の現状を説明する必要があるな。ミナトとタロも聞いてくれ」

「なに～？」「わふ～？」

レックスが言うには、山には多くの呪われた家臣の竜たちがいるとのことだ。

竜たちはまだ呪いはさほど進行していないので、普段は山の上で大人しくしているらしい。

だが、空を飛んで近づくものが巨大な存在であれば、襲い掛かってくるのだと言う。

それが、レックスが数度試して得た結論だった。

「恐らくだが呪いによって理性が無くなり、最も強い本能だけで動いているんだろう」

竜の最も強い本能は巣を守ることだ。

ピッピのような小さい存在なら、竜は脅威と思わず反応しない。

だが、巨大な竜が飛んでくれば一斉に襲い掛かるらしい。

「徒歩で向かっても襲い掛かってこないか？」

「恐らく大丈夫だ。理性が無くなった竜たちは相手の力を正確に測れないからな」

理性のある状態ならばとても強いタロが近づけば、竜たちは驚いて身構えるに違いない。

「本能的に竜が恐れるのは同族だけだ」

竜に比肩する存在は、この世にほとんどいないのだ。

「そっかー。だからピッピが飛び回っても竜がこなかったんだね」

「ぴぃ～」

ピッピは強力な聖獣である不死鳥だ。格は竜にも匹敵する。

「あ、レックス。この子を見て」

そう言ってミナトは鞄の中に入れていた幼竜を見せる。

「これは……聖獣竜じゃないか？」

「うん。呪われていたところを助けたんだけど……」

ミナトは幼竜を保護した経緯と、薬を飲ませていることを説明した。

「ほかに何かしたほうがいいことある？」

「わからん。……王ならば詳しいかもしれんが、聖獣竜自体が珍しくてな」

「そっかー」

「役に立てなくてすまん」

「気にしないで！　はやく氷竜王さんに会わないとね！」

ミナトは幼竜が寒くないように、鞄の中にしまった。

鞄の内側には風を通さない素材をはったうえで、毛布をいれて暖かくしているのだ。

「じゃあ、歩いて行こっか！」

「わふ～」

「待て待て。防寒具を身につけろ」

歩きだしたミナトをレックスが止める。

「あまり寒くないよ？」

「それでもだ！　これからどんどん寒くなる。寒くなる前に着ておけ」

「そっか、わかった！」

ミナトはもこもこの防寒具を身につけていく。

「ミナト！　とても可愛いわ！　いい！　似合ってる！」

「うん。可愛い。コリンもとっても似合っているわよ」

サーニャとアニエスが、ミナトとコリンを褒めながら冬山用装備を身につけていく。

装備を身につけ、互いに不備がないか確認した後、登山を開始する。

タロの背には、体力の少ないアニエスとマルセル、そしてコリンが乗った。

「ピッピ、フルフル、子虎をさがしてね」

「ぴぃ～」「ぴぎ」

「うん、僕もさがしながら歩くよ」

ミナトたちは、休憩しながらゆっくりと歩いていく。

「寒いところでは、息があがらない程度の速さで歩くのが大事なの」

「そうなのです？」

「ええ。速いと汗をかくでしょう？　汗をかくと一気に体が冷えるわ」

「山で体が冷えたら命に関わるからな」

ジルベルトとサーニャがコリンに寒い山に登るコツを説明している。

「汗かいたら言ってね。乾かすから！」

「ミナトがいれば安心ですな！　それでもＭＰを節約するに越したことはありませんからな」

「うん、わかってる！」

だからミナトもゆっくり歩く。

「ヘクトル、大丈夫？」

「お気遣いありがとうございます。ミナト。おかげさまで快調ですぞ」

そう言った後、ヘクトルは空を仰いで短く感謝の祈りを捧げた。

至高神の奇跡によって、ヘクトルは体が若返った。

お陰で山道に耐えられるようになったのだ。


「木がひくくなってきたね！」

昼過ぎには高い木が無くなり、低い木ばかりになった。

「うーん子虎みつからないねえ」

「ぴぃ～」「ぴぎっ」

空からピッピが、地上ではミナトたちが捜しているが、子虎は見つからなかった。

その日の夕方になり、ジルベルトたちが野営の為にテントを建てていると、

「む？　何かいる！　ピッピ、フルフル、ここで待ってて！」

突如ミナトが走り始めた。

「ぴぃ〜」「ぴぎっ」

「待つです！」

「わふわふ！」

ミナトを追ってコリンとタロが駆け出した。

「遠くに行くなよ！」

「わかってる！」

ミナトはジルベルトに返事をしてしばらく走った。

ちなみにミナトがピッピとフルフルに留守番をさせたのは、キャンプ場に戦力を残すためだ。

「タロ、コリン、匂いしない？」

「わふ〜？　わふっ！」

「……しないです、……あ、したかもです？」

キャンプ場から二分ほど走って、ミナトは足を止める。

「この辺りから聖獣の気配がする」

「ふんふんふんふん」「ふんふんふん」

タロとコリンは匂いを嗅いで周囲を探る。

「わふ！」

「あ、そっち？　いた！」

「…………」

大きな岩の陰に隠れるようにして、子虎が倒れていた。

冷たい地面から、ミナトは子虎を抱き上げる。

子虎の毛は白と黒の縞模様だ。いわゆるホワイトタイガーだ。

小型犬の成犬ぐらいの大きさで痩せていた。体には小さな傷が沢山付いている。

「わふ～？」

「うん。息はしている。疲れて気絶したのかも」

傷だらけになりながら一頭でここまでやってきて、水も食べ物もなく、寒くて倒れたのだ。

「まにあってよかった」

あと一日遅れていたら死んでいたかもしれない。

ミナトは治癒魔法を子虎にかけて傷を癒やす。

「これものめるかな？」

ミナトは水薬のレトル薬をほんの少し子虎の口元に運ぶ。

口を湿らせる程度だ。

意識がないのに、無理に飲ませたら気管に入ったりして危険だとミナトは判断した。

「少しずつのませるしかないね」

「わふ」

心配したタロは子虎のことをべろりと優しく舐めた。

「……こんなに小さいのに。こんな山まで……お姉さんのために……勇気があるです」

「そだね」

「見習わないとです」

「え？」「わふ？」

ミナトとタロが同時に首をかしげた。

「なんです？」

「コリンと同じだよ？」

「わふわふ」

タロも「そうだそうだ」と言っていた。

「コリンもみんなのために、死にかけながら遠くまで薬草を集めて歩いたでしょ？」「わふ」

「………」

「コリンもこの子も同じだよ。二人とも凄いし、勇気があるよ」「わふ！」

タロは「すごい」と言いながら、コリンのことをベロベロ舐めた。

「僕は……熊が怖くて……臆病な卑怯者なので……この子とは違うです」

「わふわ〜ふ！」

臆病な卑怯者は死にかけながら薬草を集めたりしないとタロは言う。

「僕もそうおもう。しかも自分のためじゃないし」

コリンは病気ではなかったのだ。

本当に臆病な卑怯者なら、一人で逃げただろう。

「だから、コリンは勇気があるよ。すごい」「わふわふ」

「……………」

コリンは何も言わず、目に涙を浮かべた。

「わふ?」

「そだね。寒いから温めた方がいいね。鞄の中に……。あ、狭い」

ミナトは子虎を鞄の中に入れようとしたが、そこには既に幼竜が入っている。

防寒対策に色々入っているので、子虎を入れるスペースは無かった。

「あの、僕が抱っこするです」

「じゃあ、お願い」

コリンは子虎を受け取ると、コートの前を開いてそっと入れる。

「冷たいです」

一頭で岩の陰に倒れていた子虎は冷え切っていた。

その子虎を、コリンは服の上からそっと撫でた。

「これはレトル薬だよ。たまにあげてね」

「わかったです」

そして、ミナトたちはキャンプ場まで戻ったのだった。

キャンプ場に戻ると、既にテントが建てられており、夕ご飯の準備が始まっていた。

「子虎を見つけたのですね。流石ミナトです」

「うん、まだ意識が戻ってないんだけど……アニエスも診てあげて」

「もちろんです」

アニエスはコリンが抱っこする子虎を丁寧に診察する。

「外傷はないですし、病気でもないですね」

「水薬のレトル薬を少し飲ませたんだけど……」

「なら、すぐに目を覚ましますよ」

「よかったー」「わふ～」

「よかったです」

コリンは、安心した様子で、子虎を優しく撫でた。


次の日の明け方、コリンがミナトを揺すって起こした。

「ミナト！　子虎が起きたです！」

「……にゃ」

コリンに抱っこされていた子虎はミナトとタロをじっと見つめる。

「にゃあ」

子虎は最初に姉を助けてくれと言った。

聖獣である子虎は、ミナトとタロを使徒と神獣だと見て理解したのだ。

「おはよう。だいじょうぶだよ、お姉さんは助かったからね」「わふわふ」

「にゃあ〜」

タロは子虎の匂いを嗅いで、べろっと舐めた。

「子虎さん。痛いところとかない？　苦しいとかかゆいとかは？」

「にゃ」

「そっか、よかった。でも体力はないから、ゆっくりしないとだめだよ？」

「にゃ」

子虎はミナトに従順だった。

起きてきたみんなのことを子虎に紹介し終えると朝食だ。

朝ご飯を食べながら、ミナトは言う。

「子虎をお姉さんのところに送るのって難しい？」

「今からか？　この状態でパーティをわけるのはリスクが高いんじゃないか？」

ジルベルトはそう言って、レックスを見る。

「そうだな。竜は今のところ大人しいが、いつ襲ってくるかわからんからな」

地上を歩けば襲われる確率は低いはずだ。

だが山頂に近づけば近づくほど襲われる可能性は高くなるのもまた事実だ。

「もう、いつ襲われても不思議はない高さまで来ているのは間違いない」

パーティをわけて、タロのいない方が襲われたら無事では済まない可能性が高い。

「氷竜王を助けてから、皆で戻りましょう。子虎もそれでいいですか？」

アニエスがそう言うと、子虎は「にゃ～」と同意した。

子虎も一緒に行動するということが決まると、ミナトが尋ねた。

「子虎さん。僕と契約する？」

「にゃあ～」

「ありがと。名前はなにがいい？」

「にゃにゃ！」

「コトラがいいの？」

「にゃ！」

ミナトから最初に呼ばれた子虎という呼び名が気に入ったらしかった。

「じゃあ、君の名前はコトラ！　よろしくね！」

「にゃあ～」

「コリン、コトラのことお願いいね」

「まかせるです！」

コトラはレトル薬の効果もあって、元気にみえるが、まだ病み上がりの状態。

そのうえまだ子供なのだ。まだまだ慎重に扱わなければならなかった。

朝ご飯を食べながら、ミナトは幼竜にもレトル薬を飲ませる。

意識がないので、ゆっくり数滴垂らすだけだ。

ミナトは毎日食事の度に、幼竜にレトル薬を飲ませていた。

「にゃ？」

「うん。まだ目を覚まさないんだ。すごく疲れてるの」

「にゃぁ」

コトラも心配そうに幼竜のことを見つめていた。


朝ご飯を食べた後、ミナトたちはひたすら山を登る。

二時間ほど登ると、万年雪が積もっている場所に到達した。

「タロ！」

「わふ！」

さっそく、ミナトは買っておいたそりを取り出す。

それをタロに取り付けて、みんなで乗った。

「タロ、走って！」

「わふわふ！」

タロは、楽しそうに走り出す。

「ふわ〜〜、タロすごい！　かっこいい！」

「わふ〜」

ミナトに褒められて、タロは上機嫌だ。

「はわわ、速いです」「にゃ！」

コリンに抱っこされたコトラはタロを尊敬の目で見つめている。

「は、速い、タロ様、もう少しゆっくり」

「わふ〜？」

アニエスに頼まれて、タロは少しだけペースを落とす。

それでも歩いて登るよりはるかに速い。

観光地の山にあるロープウェイの二割増しぐらいの速さだ。

「……タロ、こっそりはやくすればいいよ」

少しずつ加速すれば、みんな気づかないというミナトの作戦だ。

「……わふ」

タロは走りながら、真面目な顔で頷くと、少しずつ加速する。

「……タロ様、ばれてるぞ？」

「わふ〜？」

ジルベルトに指摘されても、タロはわからないふりをした。

タロは速いので、お昼頃には呼吸がきつくなるぐらいの標高までたどり着いた。

「わふ〜？」

「うん。これ以上はそりは無理かも?」

ここから先の傾斜がきつすぎるのだ。だいたい四十度ぐらいある。

もちろんタロは平気だ。鋭い爪を氷や岩に突き立てて、そりをひいたまま登れるだろう。

だが、そりに乗る人間たちはそうはいかない。

しがみついていなければ、ずり落ちてしまうだろう。

しっかり握る持ち手もないうえ、みな分厚い手袋をはめている。

「摑むところとか、つけとけばよかったね」

「ぴぃ～」

「あ、そっか。タロのひもも丈夫なのにしたほうがいいね」

そりとタロをつなぐ紐も、これ以上進めば切れかねない。

もし、切れたら、ものすごい速度で滑落することになり、非常に危険だ。

ミナトたちがそりの改良点を考えている横で、ジルベルトたちも話し合っていた。

「動いてなくても、息があがるな」

「高所は息がしづらいとは聞いていましたが、本当にきついですね。これは大気の重さのせいか?」

マルセルは「はぁはぁ」と息をしながらも、どこか嬉しそうだ。

魔導師であるマルセルは探究心が強く、初めての体験には興奮しがちだった。

「息も辛いが、とにかく寒い。これだけ厚着してきたのに、寒すぎるだろ」

「街一番の手袋とブーツを買ってきたのに、凍傷になりそうですな」

「ジルベルト、ヘクトル、剣は握れそう？　私は弦をいつもみたいに握れないっていうか」

「弦自体も脆くなっていそうですね」

「そうなの」

ジルベルトたちが、極寒の高所での現状を話し合い、

「ここにテントをはって、拠点としましょう」

アニエスが決断をくだした。

「まだ昼ですが、この先にテントをはれる場所は少ないでしょうし」

「テントをはらずに、日没になったら死にかねないしな」

ジルベルトたちはテント設営を開始した。


一方、テント設営地から少し離れた場所に、ミナトはレックスを呼び出した。

「レックス、嫌な気配がしているって言ったでしょ？」

「ああ、森に入ったときから言っているな」

「あれ、あの頂上の方からしてる」

「なんだと？　……王よ、どうかご無事で」

レックスは険しい表情で、王の住まう頂上を見上げる。

「レックス。頂上まで、どのくらい時間かかりそう？」

「そうだな。俺は竜だから人間の足でどのくらいか、正確にはわからないんだが……」

そう前置きして、レックスは少し考える。

「平地の街道なら、人の足でも十五分ぐらいの距離だ」

「むむう?」

人の足で平地で十五分の距離ならば、だいたい1㎞ぐらい。

高山での1㎞は非常に長い。数日かかってもおかしくない距離だ。

「……レックス」

ミナトは少し考えて、レックスに耳打ちする。

「…………どうした?」

レックスも小声で返す。

「もうそんなに時間ないかも」

「それは一体どういう?」

「嫌な気配がこれ以上強くなったら、取り返しがつかなくなるかも」「あぅ」

タロもミナトと同意見だった。

「……王が死ぬということか?」

「わかんない。もっと酷いことになるかも?」「あぁぅ」

固まるレックスにミナトは真剣な表情で言う。

「……夜にぬけだそう」

「……それはさすがにまずいだろ」

「でも、みんな連れていったら、しんじゃう。それに何日もかけてられないし」

「……だが」

「タロがいるからだいじょうぶだよ？　……はやく氷竜王を助けないとだし」

レックスは真剣に悩んだ。

今でも徐々に王の呪いは進んでいる。ゆっくりしていたら手遅れになりかねない。

早ければ早い方が良いのは間違いないのだ。

「うーむ」

レックスはミナトと、そしてタロを見る。

タロはとても強い。理性を無くした竜たちと戦いになっても勝てるだろう。

それに、タロならば極寒の高山も大丈夫にちがいない。

「……ピッピはここに残って、みんなを温めてあげて」

「ぴぃ」

「フルフルも、みんなを助けてあげて」

「ぴぎっ」

このパーティにおいて、タロは飛び抜けて強力な戦力だ。

だから、タロのいない方に、できるだけ戦力を残しておくべきだと、ミナトは判断していた。

「レックスが来てくれないなら、僕とタロだけでいくよ」

その言葉で、レックスも心を決めた。

「わかった。だが、みなに手紙を残してくれ」

「うん。わかってる」

夜ご飯を食べると、皆眠りについた。

テントの中心で不死鳥のピッピが発熱して、暖房代わりになってくれた。


真夜中、皆が寝静まった頃。

「………………」

ミナトは無言で起き出して、手紙をしたためる。

『ひょうりゅうのおうをたすけてきます。たろがいっしょなのでしんぱいしないでください
あしたじゅうにはもどります。こりん、ことらをおねがい』

それを見届けると、タロは一頭でこっそり外に出る。

タロが出たことに気づいた者は多かった。

「……タロ様、どうしたです？」

「ぁぅ」

「うんこです？　はやくもどるですよ」

「あ、俺も一緒に行こう、腹が冷えたのかもしれん」

そう言ってレックスもタロと同じく外に出て行った。

うんこしに行くのがミナトやコリンなら心配するが、タロと竜であるレックスなら心配ない。

道に迷っても凍死しないし、滑落もしないだろうし、万が一滑落しても死なないだろう。

だから、みんなは安心して再び眠った。

タロとレックスさえ外に出てしまえば、後は簡単だ。

ミナトの【隠れる者】のスキルレベルは人類史上最高レベルなのだ。

誰にも気づかれることなく、ミナトはテントから出る。

テントから出ると、外は猛吹雪だった。

魔法のかかっていない普通のテントだったら、吹き飛ばされていただろう。

「……いこっか」

ミナトとレックスはタロの背に乗って、走り出す。

しばらく走ると、雲の上に出て、吹雪がおさまり星が見えた。

「ふわあ～空が綺麗だねぇ。タロみてみて」

「わふ～」

雲一つ無かった。空気が薄いお陰で、地上より星が綺麗に見えた。

星雲が文字通り雲みたいにみえた。

「普通の人間は綺麗とか言っている余裕はないんだがなぁ」

レックスが呆れたように言う。

空気の薄さへの耐性は体力のステータスに依存する。ミナトの体力は常人の数十倍、タロは数千倍だ。

標高八千メートル程度の空気の薄さなら、ミナトもタロも平気なのだ。

四十度を超える急斜面をただの平地のように、タロは走る。

「爪が鋭いのか？　飛ぶ竜より速いかもな」

「さすがタロ！」

「わふ～」

喜ぶタロをみて、レックスは真剣な表情で告げる。

「さすがにこの速さなら警戒されるかもしれん」

「竜に？」

「そうだ。いくら空を飛ばない奴に対しての警戒が薄いとは言え、気をつけろよ」

「タロ、竜が出てくるかもしれないって」

「わふ～～」

「うーん。竜が空を飛んでたら、タロも届かないもんね。どしよっか」

「その時は俺が竜の姿に戻ろう」

「お願いね」

「……わふ？」

「そだね。飛んでない竜はタロに任せるよ」

暗闇の中、走るタロの背で、ミナトは呟いた。

「嫌な気配がどんどんつよくなってる」

まるで空気が薄くなった分を嫌な気配が埋めているかのようだ。

「これだと、全力でうごけないかも？　タロも気をつけてね」

「ばう！」

タロは任せろと力強く言った。


人の足では果てしなく遠く感じるはずの高山の１㎞も、タロの足では一瞬だ。

地平線の向こうに待機した太陽が空を赤く染め始めた頃、頂上に到着する。

頂上は、何者かに切り取られたかのように直径百メートルほどが平らになっていた。

「やっぱりここが嫌な気配のねもとだ！」

「わふ」

「そういえば、竜たちに邪魔されなかったね？」

「わふ」

頂上の広い平地の中央に体長十五メートルはある巨大な青白い竜が伏せている。

全身に赤黒い腫瘍ができていた。その姿は赤黒い腫瘍に寄生されているかのようにみえる。

腕や足、背中から伸びる黒光りする鎖によって、地面に縫い付けられていた。

「あれだ」

ミナトがずっと感じていた嫌な気配をまき散らしているのは鎖だ。

それは瘴気に近い。だが、これまでの瘴気とは違いミナトとタロにまとわりついてくる。

「……陛下、なんとお労しい」

「あれが氷竜王？」

「そうだ」

『……レックスか』

その声は音ではなく魔法によって、ミナトたちに届く。

氷竜王が呟くと同時にボタボタと腐り落ちるように赤黒い腫瘍が崩れて地面に落ちた。

落ちた腫瘍があった場所に、すぐに新たな腫瘍が出てくる。

竜の無尽蔵の回復力と、呪いがせめぎ合っているかのようだ。

落ちた腫瘍は、鎖と同じ材質に変化し、生き物のように動いて鎖と合体していく。

レックスはタロの背から降りて跪いた。

「お待たせいたしました。陛下。御前にサラキア神の使徒様と至高神の神獣様を連れて参りました」

『……執事長。そのようなことを命じてはおらぬはずだが？』

「ですが！　使徒様と神獣様の力をもってすれば、陛下のことを救えるはずです！」

「すぐに助けるね！」「わふ！」

ミナトとタロが近づこうとしたら、

——ＧＵＡＡＡＡＡＡＡＡＡＡ！

氷竜王は大きな声で咆哮する。山ごと震えたと感じたほどに大きな声だった。

その咆哮には、聞いたものの心胆を寒からしむる魔力がこもっている。

竜の咆哮は、ただの声ではなく竜固有の魔法なのだ。

その咆哮を受け、竜であるレックスですらびくりとしたが、ミナトとタロは平気だった。

咆哮すると同時に、先ほどよりも大量の腫瘍が地面に落ちる。

『……使徒殿。神獣殿。それ以上近づくでない』

「近づかないと治せないよ？」

『我はもう治せまい』

氷竜王が話す度、腫瘍が地面に落ち、耳や鼻からは金属のヘドロが噴き出す。

それらは全て、地面に落ちた後、鎖と合体するのだ。

『今もそなたたちを殺せと体内の呪者が喚いているのだ』

「本能に連動した殺傷衝動ですか？」

『そうだ、レックス。わかっているではないか』

氷竜王にかけられた呪いは本能と結びついた行動を取らせようとするらしい。

これ以上ミナトが近づけば、巣を守るという竜の本能と呪いの相乗効果で暴れてしまうようだ。

「陛下、今は支配に抵抗できているのですか？」

『……ああ、なんとかな』

「流石陛下！　ならば、この調子で敵の支配を押し返せば！」

氷竜王はゆっくりと首を振り、語りだす。

呪神の使徒に呪者を取り憑かせられた後、しばらくはせめぎ合っていた。

王も自分の意思で体を動かせないが、勝手に動かされることもない。

体内では激しい主導権争いが起こっていたが、外から見れば固まっているように見えただろう。

『辛うじて、話せるようになったのは、ここ数日よ』

「やはり、このまま押し返せば……」

『そうもいかぬ。敵は作戦を変えた。我が眷属を暴れさせようとしておる』

氷竜王は、暴れて人を食らいにいこうとする眷属たちを魔法で抑え続けている。

そうなれば、当然体内の主導権争いに専念できず、結果、押し返され始めた。

『そろそろ眷属たちを抑えるのも限界なのだ』

「ここまで竜に会わなかったのは氷竜王がおさえてくれていたから？」

ミナトが尋ねると、氷竜王はふうっと大きく息を吐く。

『うむ。だが、もう限界だ。数分前、既に一頭、我が支配下から逃れおった』

「その竜は人里へ？」

レックスが尋ねると、王は首を振る。

『わからぬ。こちらに来るかもしれぬ。王を守ろうとする本能も強いであろうし』

そして氷竜王は優しい声音で言う。

『使徒殿、神獣殿。その位置ならば、我も体内の呪者を抑えられる』

「うん。それはわかったけど……」

『その位置から、我を殺してくれぬか？』

「陛下！」

『よいのだ。レックス。こうなっては致し方なし。呪神の使徒に敗れた我の責よ』

まだ顔を出していない太陽によって赤く染まりはじめた東の空を眺めて、氷竜王は目を細めた。

『もとより、苦しみの中、一頭孤独に自死するつもりであった。今死ねるならば上等である』

「陛下！　そのようなこと」

『何万回見ても朝焼けは美しい。これほど美しいものを見ながら死ねるなど贅沢であろう』

覚悟を決めているのか、氷竜王の表情も口調も安らかだ。

『眷属の竜たちを支配している呪者の本体は、我の体内にいるのだ』

「ということは……氷竜王さんの呪者を退治すればいいってことだね？」

氷竜王の体内に巣くう呪者を滅ぼせば、眷属の竜たちを支配している呪者も滅びる。

『そうだ。それゆえ、我が眷属を救うために、我ごと体内に巣くう呪者を滅ぼしてほしい』

「陛下！　考え直してください！」

『時間がないのだ。聞き分けよ。レックス。我が支配から逃れた眷属がいつ来るかわからぬ』

レックスに諭すように言ったあと、氷竜王はミナトとタロを見つめた。

『お仲間が襲われておるのかも知れぬ。使徒殿。神獣殿。もはや時間はありませぬ』

支配下から逃れた眷属の竜はまだこちらに来ていない。

ならば、キャンプ場にいるアニエスたちが襲われている可能性も高い。

アニエスたちは強い。だが極寒の高所での戦いで全力を出せるとも思えない。

強力な竜と戦えば、無事では済むまい。

「……急がないとだね」

『わかってくれたか。使徒殿』

「ミナト！　待ってくれ――」

氷竜王は安心し、レックスは慌てる。

「じゃあ、今から助けるね」

『わかっていないではないか！　それ以上近づけば我は自分を抑え――』

「タロ！」

氷竜王の言葉の途中で、タロに乗ったままのミナトは指示を出す。

「わふっ！」

タロが駆け出す。今までの背中に乗っている人に配慮する走り方ではない。

至高神の神獣、その全力の走りだ。

氷竜王との五十メートルほどの距離を一秒足らずで駆け抜け、あっというまに肉薄する。

だが、その速度は本来のタロの速度よりは遅かった。

それは鎖が発する濃密な瘴気が、タロにまとわりついたせいだ。

一瞬遅れたため、氷竜王の反応が間に合う。

――GUAAAAAAA！

先ほどのミナトたちを足止めする為の咆哮よりも威力が高い。

その咆哮を食らえば、たとえ竜であっても、恐怖のあまり体を硬直させたであろう。

咆哮と同時に、氷竜王は氷のブレスを放つ。

あらゆるものを凍結させる絶対的威力を誇る氷のブレスだ。

それをミナトとタロはまともに食らう。

空気中の水分が氷結し、周囲が分厚い雲で真っ白になった。

「あ、あぁ……すまない。俺が、俺が王を助けてくれと頼んだせいで」

レックスはミナトとタロが死んだと思った。

たとえ強大な竜であっても、氷竜王と同格の竜王であっても、無事では済まない。

それほどの威力のブレスで、それほどのタイミングだった。

だが、雲の中から、気の抜けた声が聞こえると同時に目を覆うほどまぶしい光が放たれる。

「ちゃゃあ～～」

「ばう！」

タロの声が聞こえると同時に、強い風が吹いて雲がかき消える。

タロが風魔法で氷のブレスを吹き飛ばしたのだ。

ミナトは氷の大精霊モナカと契約したことで、【氷結無効】のスキルを得ている。

だから、氷攻撃はミナトには通じない。

タロには【強くて大きな体】のスキルがあるし、そもそも体力が無尽蔵だ。
そのうえ魔法抵抗力にも影響する魔力も、尋常な数値ではない。
だから、タロにとって氷竜王が放つ渾身の氷のブレスもたいしたことは無かった。
「ちゃあ～～ちゃあぁあ～」
タロの背に乗ったミナトは、サラキアの書を左手に持ち、右手で聖印を掲げている。
聖印は光り輝き、氷竜王を照らしている。
光に照らされた氷竜王の腫瘍は、ゆっくりと蒸発しつつある。
――ＧＵＲＲＡ！
氷竜王は理性を失った様子で、タロとミナトに向かって爪を振るい噛み付こうとする。
だが、全身を鎖で拘束されているので、自由には動けない。
いくら氷竜王とて、不自由な状態でタロに勝てるわけがない。
「ばう～」
タロは氷竜王の攻撃を前足でベシッと叩いていなしている。
ミナトはタロの背から飛び降りて、解呪の為に氷竜王へと接近する。
――ＧＵＵＡＡＡ！
氷竜王の尻尾がミナトに襲いかかる。
「ほいっ」
だが、ミナトは尻尾の鋭い攻撃を軽くかわした。

コボルトたちからもらったスキル【回避する者Lv60】のお陰だ。

そんなミナトに向かって氷竜王は爪を振るい噛み付こうとするが、

「ほいほい」

ミナトはかわし続ける。

「王の攻撃を、いとも簡単に、かわしているだと……」

呆然としたレックスのうめき声が周囲に響く。

「タロ！　かわせるけど、解呪が難しいかも！　おさえられないかな？」

ピッピたちを助けたときは耳に指を突っこんで体内を灯火の魔法で照らした。

だが、攻撃をかわしながら、氷竜王の耳に手を突っ込むのは至難の業だ。

「わう！」

タロは氷竜王の首に噛み付いて、地面に押さえつける。

「俺も手伝う！」

ミナトとタロと、氷竜王の戦いをみて、あっけにとられていたレックスが我に返った。

レックスは竜の姿になり、氷竜王の胴体にしがみつく。

——ＧＵＵＲＵＡＡＡ！

氷竜王は手足と尻尾を振り回して暴れ、レックスは何度も殴られる。

そのたびにレックスの鱗は剝がれ、皮膚は破け、血が噴き出した。

「ミナト！　余り長くは持たん！」

氷竜王の腫瘍が、レックスに取り憑こうと移動し始めた。

「わかった！」

ミナトはタロの背から氷竜王の頭に飛び移り、その右耳に手を突っ込んだ。

「とりゃあああああ」

右耳から眩い光が漏れる。

氷竜王は「アガガガガガ」と意味不明な言葉を発しはじめた。

腕を突っ込まれている耳、そして鼻、口、目から金属光沢を持つヘドロが噴き出していた。

赤黒い腫瘍は、ボトボトと地面に落ち、それと同時にまた出てくる。

「ミナト、それは何をしているんだ？」

「えっとね。灯火の魔法で体のなかの呪者を退治しているの」

「そんなわざが……」

氷竜王の体から呪者がでるのと同じだけ、地面から鎖が飛んできて体内へと入っていく。

「でも、いつもより効果が薄いかも……鎖からでてる嫌な気配のせいかな？」

瘴気を発している鎖が、常に氷竜王を呪い続けている。

そのうえ、その瘴気は、ミナトの神聖魔法も妨害しているようだった。

山の麓辺りでも、ミナトの奇跡を妨害していた嫌な気配である。

そしてここは、その嫌な気配の根元だ。妨害の効果が非常に高い。

「むむ〜、あ、タロ！　地面の下に何かある！」

「わふ！」

タロは氷竜王に噛み付いたまま、右足で地面をドン！　と踏みしめる。

——ビシッビシシシ
平らな頂上に大きな亀裂が入り、その裂け目に黒い拳大の宝石のような物が見えた。

「タロ！　あれだ！　あれが嫌な気配のもとだ！」

「わふっ！」

ミナトとタロはその宝石がこの辺り一帯を覆う呪いの核だとすぐに見抜いた。

その核の影響で周囲には嫌な気配が満ち、ミナトの解呪は妨害されていた。

氷竜王や氷竜たちの呪いの核もこれだ。

氷竜王を縛っている鎖もこの核から伸びてきている。

「すごく頑丈そうだね」

呪いの核は強固な結界で守られている。タロの魔法でも破壊するのは容易くない。

「……どうしよっか」

呪いの核を壊さなければ、鎖は再生し続け、氷竜王を呪い続ける。

そのうえ、ミナトやタロの力を抑え続けるのだ。

「わぁう」

タロの鼻先に光り輝く小さな玉が現れる。それはただの魔力の弾だ。

初心者の魔導師が使う、魔力弾と呼ばれる属性のない初歩の攻撃魔法。

「なんという、魔力濃度なんだ……」

レックスは目を見開いて驚いているが、この魔力弾一発では呪いの核は壊せない。

だから、タロは壊れるまで何度でも魔力弾をぶつけるつもりだった。

タロが魔力弾を放とうとしたそのとき、

——ガキン
突然、呪いの核を覆っていた結界が消失した。

「ばう！」

その直後、呪いの核を目がけて、タロは魔力弾を放つ。

呪いの核は砕け散り、

——キイイイイイイン
という音が鳴った。

それはどこからというでもなく、周囲全体から響いている。

「……空が砕けた？　違う、大気が、いや世界が砕けた？」

レックスにはそう見えた。

「嫌な気配のもとをこわしたんだ！」「わっふぅ！」

「これが嫌な気配ってやつだったのか」

あまりにも当たり前で、空気のように存在していたのでレックスは気づかなかった。

「世界はこれほど気持ちいいものか」

なくなって初めて、意識せずに不快感を覚えていたことに気づく。

「これで、いけるね！　タロ！」

「わふ！」

「ちゃあああああ！」「わふううううう！」

ミナトの腕が一層激しく輝き、タロも全身が輝いた。

その光が氷竜王を包み、

――ゴボボボボボ
氷竜王の体内にいた大量の呪者が、目、耳、鼻から一斉に噴き出た。

「一杯詰まってたんだねー」

落ちた腫瘍は金属質のヘドロへと変化して、合流し再び固まろうとする。

「嫌な気配の元にもう一度なろうとしているのかな？　タロ、お願い」

「ばふ！」

タロは「任せて」と吠えると、落ちたヘドロに魔法をぶつける。

タロは火魔法を使って金属質のヘドロを焼いていく。

タロが火魔法を使ったのは氷竜王の氷のブレスを食らって少し寒かったからだ。

「ばう～わふ！　ばう～わふ！」

ミナトが体内から呪者を追いだし、出てきた呪者をタロが焼いていく。

腫瘍は体から落ち続け、金属質のヘドロは体の穴から噴き出し続ける。

その体積は、巨大な氷竜王の体より大きいぐらいである。

五分ほど、それを繰り返す。

「……結界をこわしてくれたのって誰だろ？」

「わふ」

太陽が顔を出し、周囲が明るくなる頃、氷竜王に巣くっていた呪者は完全に退治された。

◇◇◇◇

時は戻り、ミナトがテントを出て十分後。

ミナトの不在に最初に気づいたのはコリンだった。

「……んにゃ……ミナト？」

隣にいるはずのミナトがいないことで少しだけ寒く感じて目を覚ましたのだ。

「ミナトがいないです！」

「なに？」

コリンの声でジルベルトが飛び起きて、一瞬遅れて皆が一斉に目を覚ます。

「タロとレックスがうんこに行ったときには、ミナトはいたよな？」

「いました。……タロとレックスも戻ってませんね」

「ぴぃ～」「ぴぎっ」

ミナトの書いた手紙の存在を教えようと、ピッピが鳴いてフルフルが飛び跳ねた。

「あ、ミナトの手紙があったです……」

ミナトからの手紙を皆で読むと、大人たちは顔をしかめた。

そして、コリンは真剣な表情でコトラのことをぎゅっと抱きしめた。

「……コトラのことを任されたです」

「にゃあ～」

「……帰ってきたら叱らないとな」

「……追いかけて、追いつけるでしょうか」

「そもそもその必要は無いでしょうな。タロ様とレックスがいるのですから」

「それに私たちではタロ様に追いつけないわよ」

ジルベルトたちが相談しながら、アニエスを見た。

アニエスはテントの入り口を少し開けて外を覗く。

空はまだ暗く、外は水が一瞬で凍りそうなほど寒かった。

「少なくとも日の出までは待機します。……至高神様。ミナトをお守りください」

アニエスは静かに祈りを捧げた。

それから残された者たちは朝ご飯の準備をする。

ミナトとタロが戻ってきたときに、すぐに朝ご飯を食べられるようにだ。

「ピッピ、お願いします」

「ぴぃ～」

ピッピが自分の体を熱くして、スープを温めたりパンとウインナーを焼いたりしていく。

一酸化炭素を出さずに、自分の体を高熱にできるピッピは、テント内での調理に最適なのだ。

「コリン、コトラ。お腹が空いただろ。先に食べておけ」

「ミナトとタロを待つです」「んにゃー」

「……………そうか」

出来た料理を魔法の鞄にしまうと、テントの中は静かになる。

粛々といつでも戦えるように装備を調え、ミナトたちの帰還を待った。


状況が変わったのは、夜明け直前になってからだ。

「ぴぎぃぃぃき！」

テントの外に索敵に出ていたフルフルが鋭い声で非常事態だと告げる。

「どうした！　フルフル！」

真っ先にジルベルトが飛び出し、他の者もその後に続く。

「……なんてこった」

ジルベルトはそう呟きながらも剣を抜く。

猛吹雪の中テントの外に出たアニエスたちが見たものは、体長五メートルはある竜だった。

全身の七割ぐらいが赤黒い腫瘍で覆われており、二割は金属質のヘドロで覆われている。

本来の綺麗な青白い鱗は一割程度しか見えていない。

「……凌ぎます。コリンはコトラを連れて後退しなさい」

アニエスは倒すとは言わず凌ぐと言った。

平地ならば倒せる自信がある。だが、極寒の高山で氷竜を相手に勝てるとは思えなかった。

「ぼ、僕も戦うです！」

そう叫んだコリンの胸元から、コトラが顔だけ出していた。

「ミナトからコトラを託されたのでしょう？」

「コリン。敵は弱いコトラを狙う。距離があった方が良いの。わかる？」

アニエスとサーニャに説得されてもコリンは首を振りコボルトの剣を抜いた。

「集団戦闘においては役割分担が大事だ。コトラを頼む」

ジルベルトの声音は優しかった。

「ぼ――」

コリンは「僕も戦えるです」と叫ぼうとしたが、

――ＧＵＡＡＡＡＡＡＡ！

呪われし氷竜が咆哮した。

竜の咆哮は聞いたものを怯えさせる魔法だ。

その咆哮は氷竜王のそれに比べれば極めて弱い。

だが人の心胆を寒からしめるには充分な威力があった。

「ひぃぃぃぃぃ！」

咆哮を受けて、コリンは一目散に逃げ出した。吹雪に紛れてすぐに見えなくなる。

腰を抜かさなかっただけ、大したものだ。

「それでいい」

コリンの背を見て、ジルベルトは満足そうにうなずき、

「後は大人の仕事ですな」

ヘクトルは笑顔で言った。

「ピッピ。火魔法による体温維持と防御をお願いします。私は攻撃に専念します」

「ぴっぴぃ！」

周囲の気温が数度上がり、ジルベルトとヘクトルが手袋を外す。

「私の矢がどれだけ通じるかしらね。竜の鱗って硬いのよね」

「さて、皆さん気合いをいれましょう！」

――GUAAAAAAA！

竜が再び咆哮し、アニエスたちと呪われし竜との戦いが始まった。

「GUAAAA！」

氷竜が強力な氷のブレスを放つも、

「ぴぃぃぃぃぃ！」

ピッピの火魔法がそれを遮り、

「あ、通じる！　呪いのせいで鱗が柔らかくなっているのかも！」

サーニャの矢が鱗に突き刺さった。

「風の精霊よ、マルセル・ブジーが助力を願う、乱流《タービュランス》！」

マルセルの風魔法により空気の流れが乱れ、

「GAAAA」

氷竜が地面に落ちる。

「でかした！」

「やはり、飛んでる奴には魔法ですな！」

「ぴぎ～～」

ジルベルトとヘクトル、フルフルが襲い掛かる。

ジルベルトとヘクトルは剣で斬りかかり、竜に傷を負わせる。

そして、フルフルは腫瘍に跳びかかり、それを蒸発させる。

「GUAAAAA！」

傷を負って、氷竜は悲鳴をあげた。

「いと高きところにおわす至高神。汝の奴隷たるアニエスの願いを聞きとどけたまえ」

アニエスは解呪の為の祈りを捧げ始める。

神の代理人たるミナトなら気合いを入れるだけで解呪できる。

だが、聖女でしかないアニエスは、奇跡を顕現させるために祈らねばならない。

祈りにより神界と地上をつなぐことで、神の力を降ろす経路を作るのだ。
アニエスの経路を作る速さは当代一だ。
だが、大きな神の力を降ろすには、経路は太くなければならず構築には時間がかかる。
(十分、いや十五分かしらね)
祈りながら、竜とパーティの戦闘を観察し、アニエスは心の中で計算する。
なぜか祈りが通じにくい。もしかしたら二十分かかるかもしれない。
ピッピとフルフルのお陰もあって、今の味方には比較的余裕がある。
だが竜は無尽蔵な体力を持っているので倒しきるのは難しい。
時間が経てば経つほど、竜が優勢になるだろう。
時間との勝負だ。アニエスは脂汗を流しながら、神に祈りを捧げ続けた。

◇◇◇◇

一方、逃げ出したコリンは、コトラを抱えて転がるようにして駆けていった。
剣を落とさなかったのは奇跡と言っていいだろう。
(僕は卑怯ものです)
震えながら、涙を流し、それでもコトラを抱えてコリンは走る。
視界は真っ白でなにも見えない。ホワイトアウトという現象だ。

「にゃ」

そんなコリンをコトラは心配そうに見つめていた。

竜の咆哮は魔法なのだ。

ある程度、魔力が多くなければ、本人の勇気など関係なく抵抗するのは難しい。

「僕は、僕は、くずなのです」

咆哮が魔法だと知らないコリンは自分を責めながら走る。

いや咆哮を魔法だと知っていても、きっとコリンは自分を責めただろう。

何分走っただろうか。コリンは力尽き、剣を落として膝をついた。

「は〜ぁ、は〜ぁ、は〜ぁ」

ここは空気の薄い極寒の高所、歩くだけでも息が切れる場所だ。

走れば当然息が苦しくなって動けなくなる。数分走れたコリンは異常と言っていいほどだ。

「は〜は〜」

頭痛がして、吐き気がして、意識が遠くなる。だが、こんなところで気絶するわけにはいかない。

「ミナトは、コトラをお願いって言ってくれたです」

こんな自分を頼ってくれたのだ。ならばその責任を果たさねばならない。

竜が怖くて味方を置いて逃げた卑怯者な自分でも、せめてそのぐらいはしなければ。

「……大丈夫、僕がまもるですからね」

「にゃ」

少しだけ息を整えたコリンは、無理に笑顔を作る。

剣を拾って鞘に戻すと顔を上げた。

「ひぅっ！」

眼前にペストマスクが浮かんでいた。いや、猛吹雪と暗闇で体を見落としていただけだ。

吹雪の中、いつの間にか預言者が接近していたようだ。

「……また逃げたな？」

「ち、違う！　コトラを守るためで――」

「お前が卑怯者で、臆病者で助かったぞ」

「な、何いってるです？」

「お前とその虎を利用しようと竜をけしかけたのだがな？」

別行動してくれたお陰で、面倒が省けたと、預言者は楽しそうに言う。

「……利用？　利用ってなんです？」

「お前に言っても詮ないことだが……」

そう前置きしてから、預言者は楽しそうに、ゆっくりと語る。

この山の頂上に呪神の使徒が呪いの核を埋めた。

その呪いの核を強化するために、別の神の特別な存在が必要なのだという。

「特別な存在？」

「たとえば、使徒、神獣、聖女、それに勇者。その中で一番弱いのがお前だ」

まだ覚醒していないから不十分だが、虎の聖獣も一緒に組み込めば良いだろう。

そんなことを、楽しそうに預言者は語る。

「お前は……やっぱり、呪神の手の者です？」

「ああ、私か？　もう教えても良いだろう。私は呪神の導師だ」

「導師？」

「ただの導師ではないぞ？　使徒様に力を与えられた特別な導師だ」

そう言った瞬間、導師の全身からおどろおどろしい魔力が吹き出る。

どうやら、導師は力を隠していたらしい。

一気に導師の威圧感が強まる。コリンは恐ろしくて震えがとまらなくなった。

そんなコリンを見て、導師は楽しそうに語り始める。

「使徒様に力を与えられた後、俺は聖獣たちを呪い、そしてお前を騙しに行った」

「……何のため……です？」

コリンは恐怖と寒さで震えながら、尋ねる。

「先ほども言っただろう？　核を強化するためだ」

そう言うと、導師は懐から黒い石を取り出した。

それは山頂に埋められていた呪いの核そっくりだった。

「これは使徒様から与えられた俺の試練なのだ」

呪神の使徒は呪いで一帯を覆い、使徒《ミナト》と神獣《タロ》の力を弱めた。

そのうえで氷竜王を支配してぶつければ、導師でも使徒と神獣を倒せるのではないか？

「それを確かめるよう任されたのは俺だ」

楽しそうに話していた導師が急に真顔になる。

「ん。もういいか」

「……なにが……いいです？」

次の瞬間、コリンの足が焼けるように熱くなった。

「なっ！」

コリンが慌てて足元を見ると、膝から下が金属っぽい黒い何かに覆われていた。

「取り憑かれるまで気づかないとはな！　コボルトは余程、鈍いとみえる！」

勇者であるコリンに呪者を取り憑かせるには体力を削る必要があった。

そのため、導師は長話をして、時間を稼いでいたのだ。

「支配なんてさせないです！」

コリンは気合いを入れて、剣を振るう。

「ただの剣が、我に通じるわけなかろうが」

導師は半笑いを浮かべたまま、左手に魔力を纏って剣を弾いた。

「コボルトの剣が……」

剣が全く通じないという事実に、コリンは彼我の力の差を思い知らされた。

恐怖が増して、吐きそうになる。

「フシャアアアア！」

その時、コリンの胸元から、コトラが飛び出て導師に襲いかかる。

「邪魔だ！」

導師はコトラを掴むと地面に思い切り叩きつけた。

「ぎゃん」

地面に当たり、コトラは動かなくなる。

「や、やめるです！」

導師はコリンの声など聞かず、山頂の方を見上げた。

「……神獣どもが戦い始めたか。思ったより時間がかかったな」

そして、導師はコリンを見る。

「だが、間に合った。お前と虎を取り込み強化すれば、使徒と神獣も力を振るえまい」

導師はゆっくりとコリンに近づいてくる。

「ミナト、タロ様……」

導師が怖い。でも、ミナトとタロが自分のせいで負けてしまう。それだけは絶対にいやだ。

「そう、お前のせいで、使徒と神獣は氷竜王に殺される。この虎もな」

「ぎゃ」

導師はコトラを足で踏みつけた。

「その足をどけるです！」

コリンはコトラを助ける為に動こうとしたが、足が呪者に摑まれていて動けない。

導師はコトラを右手で摑むと持ち上げる。

「どうやって殺すか。負の感情を利用する為にはなるべくむごたらしく殺さねばな。ふむ」

少し考えた後、導師はローブの中からペンチを取り出した。

「少しずつちぎるか」

「きゅう」

コトラが震えて鳴いている。

コトラは勇敢だ。小さいのに姉の為に氷竜王の山にのぼったほどだ。

いまも、コリンを守る為に自分より強い導師に勇敢に立ち向かった。

そのコトラが震えているのだ。

「うおおおおおおおお」

コリンは自分を奮い立たせる為に力一杯叫んだ。

震えるコトラを見て、コリンは改めて、コトラを守らねばと思った。

勇敢でもコトラは弱い赤ちゃんなのだ。自分が守るべき対象だ。

「はやくコトラから手をはなすです！」

いつの間にか導師に対する恐怖は消えていた。

自分より幼くて弱い者を守らねばならぬ。ただそれだけを思っていた。

「お前、思ったより元気だな？　凍死寸前だったと思ったが……」

そのとき、一瞬、導師の持つ石がギラリと光ってひびが入った。

それは山頂にいるタロが地面を踏みしめて、割った衝撃のためだ。

「ちぃ！　神獣《化け物》が！」

導師がいまいましそうに、叫びながら魔力をその石に込める。

「使徒様に力を授けられた我を舐めるな！」

山頂の呪いの核を覆う防御結界を、導師は強化しようとし、

「させないです！」

剣を構えて跳びかかってきたコリンを見る。

「だから、お前の剣は我にはつうじ――」

導師は先ほどと同じように、ペンチを持った左手で剣を弾こうとして、

「あっ？」

コリンの剣が、導師の伸ばした手を裂き、そのまま胴体を脇腹から肩まで、逆袈裟に斬り上げた。

金属製のペンチは真っ二つに斬れて、宙を舞う。

導師が右手で摑んでいたコトラは、地面に落ちる。

「許さないです」

コリンの握るコボルトの剣が光り輝いていた。

「おまえ、どうして？」

導師は理解できなかった。魔力を纏えば、コリンのもつコボルトの剣は通じないはずだった。

だが、今のコボルトの剣からは強い力を感じる。まるで覚醒したかのようだ。

それに、コリンは呪者に足を完全に取られていたはずだ。そもそも剣は届かないはずだった。

「なぜ？　我が……え？　どうして……」

導師は自分が何故死ぬのか、息絶えるまで理解しなかった。

導師が死んだ次の瞬間、コリンは空が割れたような気がした。

導師が死んだことで、呪いの核を守っていた結界が壊れ、タロが呪いの核を破壊したからだ。

「……へへ。やってやったです」

コリンの位置からは頂上はみえない。

だがミナトとタロが何かを成し遂げたのだと感じ取った。

「ミナト、タロ様。僕は頑張ったです」

コリンは地面に倒れる。

「痛い……です」

足からは血が流れていた。

コリンはコボルトの剣で、靴ごと呪者を斬って歩けるようにしたのだ。

もちろん、足は無傷ではすまなかった。

「痛い……血が出てるです……」

靴と靴下は破れ、傷口が極寒の空気に触れてすごく冷たい。

「コトラ……大丈夫です？」

それでも、コリンはコトラの元まで這っていく。

気絶して地面にうずくまるコトラを抱きかかえた。

「…………」

あれだけ強く叩きつけられ踏みつけられたのだ。無事のはずがない。

怪我をした状態で、この猛吹雪の中にいれば死んでしまう。

「これを飲むです……」

かじかむ手でコリンは水薬のレトル薬を取り出すとコトラの口に含ませる。

それはミナトがコリンに、コトラに飲ませてあげてと言って託したものだ。

コトラはコクコク飲んで、ゆっくりと目を開けた。

「よかった、コトラ。これで大丈夫……です」

コリンは安心して微笑むと、自分の服の中にコトラを入れる。

服の中で、コリンの体温を分け与えれば、きっとコトラは大丈夫。

「……にゃ」

血を流しているコリンも凄く寒い。

それでもガチガチと歯を鳴らしながらも笑顔で言う。

「……だいじょうぶ。すぐに助けがくるですよ。だいじょうぶ」

足裏の感覚は最早無い。手の指の感覚も無かった。

「……だいじょうぶ………だいじょ………」

元気づけようとコリンは、小さなコトラに語りかけ続けた。

凄く寒い。自分は死ぬかもしれない。でもコトラが助かるならそれでいい。

勇者としてがんばったと、至高神様は褒めてくれるだろう。

コリンは満足感を覚えながら、意識を失った。


…………

……


「…………あれ？」

「あ、目がさめた？」

コリンが、目を覚ますと周囲は暖かかった。

目の前には心配そうな表情を浮かべるミナトがいる。

「わふ？」

そこはコリンの知らない場所で、コリンはタロのあったかいお腹の毛に包まれていた。

「……………あっ！　コトラは？」

数瞬かけて現状を把握したコリンが最初に尋ねたのは自分のことではなかった。

「大丈夫。コトラは、元気に向こうで遊んでいるからね」

「よかったです」

コリンはほっとしたようだった。

「にゃあ～」

コリンが目覚めたと気づいたコトラが走ってやってくる。

そして、お礼を言うように、ベロベロと顔を舐めた。

「コリン。無理したな。ミナトが駆けつけなければ死んでたぞ」

近くでコリンを見守っていたらしいジルベルトが、そう言って頭を撫でる。

「だが、流石勇者だ。大したもんだ」

「そんなこと……あれからどうなったです？」

「えっとねー。いちから説明する！」

ミナトはキャンプ場を脱出した直後から説明したのだった。

終章　叱られたちっちゃい使徒《ようじ》とでっかい神獣《こいぬ》

解呪された氷竜王が、最初に言った言葉はお礼ではなく謝罪だった。

「使徒殿、我が眷属が、お仲間を襲ったようだ。すまぬ」

氷竜王の支配から逃れた竜は、王の下に駆けつけず、山腹にいるアニエスたちを襲ったのだ。

それは本能によるものか、そういう命令を呪者から受けたのかはわからない。

「一刻の猶予もない！　我の背に――」

「今の陛下よりは、俺の方が速いでしょう」

体長十メートルほどの青白い竜の姿のレックスが言う。

「背中に乗ってくれ！」

「わかった！」

ミナトがぴょんとレックスの背に乗ると、すぐに飛び立つ。

「わふわふ！」

タロは走ってついてくる。ミナトが背に乗っているときよりも速い。

「……俺が飛ばなくても、タロの背に乗ればよかったかもな」

「うーん。タロはいつも手加減してるから」

ミナトも強いが、タロの強さは桁違いだ。

タロの全力について行けるものは、この世界にそういない。

「空を飛ぶと速いねぇ」

地形を無視して飛べるので、やはり速い。

雲をくぐって猛吹雪の中を飛んでいく。すぐ側を走っているはずのタロが見えないほどだ。

「場所がわかっているから飛べるが、そうじゃなきゃ俺でも迷いそうだ」

「こわいねー」

だが、場所がわかっているので、レックスは迷わず飛んだ。

あっというまにキャンプ場に到着する。

テントは破壊されており、その側に竜が倒れていた。

全員、傷だらけで満身創痍だが、死者はいない。

「二頭目だ！　構えろ」

ジルベルトが叫んで、戦闘準備に入ったので、ミナトが叫ぶ。

「大丈夫！　この竜はレックスだよ！」

「わふわふ！」

レックスがキャンプ場の上空に着くと同時にタロも到着した。

「ミナトとタロか！　そっちはだいじょ……いや！　コリンがコトラを連れて下に避難した！」

ジルベルトはなによりコリンの安否確認を優先すべきと判断したのだ。

「俺たちも捜し始めたんだが、吹雪でみつからん！」

「少なくとも私の探知魔法の範囲外のようです！」

満身創痍の中、みなコリンを捜していたらしい。

だが、マルセルの探知魔法の外にいるということはそれなりに距離があると言うことだ。

吹雪の中見つけるのは難しいだろう。

「下？　わかった！　レックス、ここはお願い！」

「ミナトは？」

「タロの鼻でも捜してもらう！」

そう言うと同時に、ミナトはレックスの背から飛び降りる。

地面までの高さは五メートルほどあるが、風魔法で勢いを殺して着地した。

「タロ、お願い」

「わふ！」

タロは得意の鼻で、ミナトは雀の聖獣に貰ったスキル【索敵Lv44】で周囲を探る。

「ぴぃぃぃぃ」「ぴぎっ」

近くを捜索していたピッピとフルフルがミナトとタロに合流して一緒に捜し始めた。

「あ、コリンが歩いた跡がある！」

ミナトは【索敵Lv44】でかすかに残ったコリンの足跡を見つける。

「こっちだ！　付いてきて」

かすかな痕跡さえ見つかればあとは、狐の聖獣にもらった【追跡者Lv84】の出番だ。

風雪で痕跡はほぼ消えているが、ミナトの【追跡者】のレベルは異常に高い。

ミナトは全く迷わずに、走って行く。

「いた！」

コリンは地面に倒れていた。体の上には雪が積もっている。

「にゃ～」

コリンの顔の横にいるコトラがはやく助けてと鳴いていた。

「うん、まかせて」

ミナトが大急ぎで調べると、コリンは辛うじて呼吸していた。

だが、低体温症になっていて、危険な状態だ。

「靴が破れてるけど……」

「にゃ」

「そっか、コトラを助けるために。え？　レトル薬を飲ませたの？」

「にゃにゃ」

コトラは自分が飲ませてもらったレトル薬の余りを一生懸命コリンに飲ませたようだ。

「そっか、ありがと」

それがなければ、コリンは死んでいたかもしれなかった。

「おかげで、まにあったね！　タロ、ピッピ、フルフルお願い！」

「わふっ」「ぴぃ〜」

タロが風の魔法を操って寒風を防ぎ、ピッピの火魔法でじんわりとコリンを温める。

フルフルは、コリンの冷え切って凍傷を起こした足をその体で覆った。

「ヒール！」

そしてミナトがコリンとコトラの傷を癒やした。

レトル薬の効果で外傷はほぼ治っていたが、極寒ゆえに凍傷を起こしていたのだ。

これで全員が生命の危機を脱した。

ミナトは手袋と靴を脱いで、コリンにつける。

それから、周囲に落ちたコリンの帽子や剣などを回収した。

「もどろっか」

「わふ」「ぴぃ〜」「ぴぎっ」

キャンプ場のテントは壊れていた。アニエスたちも危険な状態なのだ。

ここにミナトたちがいる限り、アニエスたちは動けまい。

ミナトはコリンを背負って、タロの背に乗った。

「タロ、いくよ！」

「わふ～」

通常、ホワイトアウトしている中を正しく走るのは難しい。

だが、ミナトには鳩の聖獣からもらった【帰巣本能】のスキルがあるので迷わなかった。

そして、キャンプ場まで戻ったミナトたちはアニエスたちと合流したのだ。

◇◇◇◇

「それでテント壊れちゃったから、頂上に来たの」

アニエスたちはレックスの背とタロの背に分乗し、頂上まで避難したのだ。

ちなみにミナトは信じられない身体能力を発揮して自分の足で頂上まで走った。

「え？　ここは頂上です？」

「正確には頂上から少し下ったところにある氷竜王の宮殿だ」

「でも、息が苦しくないです」

「それはタロ様のお陰ですよ。タロ様が風魔法で空気を集めてくださっているんです」

マルセルが笑顔で説明する。

「まったく、竜でも出来ることじゃないぞ？　流石タロ様だな」

「わふっ」

レックスに褒められて、タロは嬉しそうに尻尾を振った。

「あっ！　ジルベルトさん、あのテントを襲った竜はどうなったのです？」

「ああ、あいつなら……」

「がるる？」

「ひぅ」

コリンの背後、タロの向こう側から、にゅっと竜が首を出した。

「がる〜」

そして、コリンをペロリと舐めた。

「あれから、なんとかアニエスが解呪したんだ」

「私もミナトほどではないですが、解呪が得意なんですよ？」

そう言って、アニエスがどや顔をする。

全員で竜の攻撃を凌いで解呪の時間を稼いだのだ。

「それから竜と全員の治療をしつつ、コリンを捜してたら、ミナトたちが戻ってきたって訳だ」

「……みんな、すごいです」

コリンのその言葉には、臆病な自分とは違ってという、自虐的な空気が漂っていた。

「ごろろ」

「コトラがありがとうだって」

コトラの言葉を通訳したのはミナトだった。

「そんな……」

「それに、コトラに聞いたよ。導師を倒してくれたんでしょ？」

「ばうばう」

「そうだね。おかげで氷竜王を助けるのも簡単になった！」

ミナトとタロは、コトラから話を聞いて、結界が壊れた原因を正確に理解していた。

「えへへ…………あの」

お礼を言われて照れたあと、コリンは真顔になった。

「ミナト、タロ様、それにみんなにも……謝らないといけないことがあるです」

「なに？」

ミナトに笑顔で言われて、コリンは一瞬黙ってから語り出す。

「実は……前にも導師に会ったことを隠したです」

レトル草採取中に導師にあったが、そのことをコリンは言えなかった。

「僕は自分が勇者としてふさわしくないってばれるのが怖かったです」

そして、コリンは告白した後、深々と頭を下げた。

「やっぱり、僕は勇者としてふさわしく——」

「そういうこともあるよね！」

「わふわふぅ」

タロもうんこを漏らしたことを隠したことがあったと告白する。

「うんうん。コリンは勇者だよ。だって、コトラを守るために戦ったからね！」

「そうそう。いざというときに動けるなら、それは勇者だ。頑張ったな」

ジルベルトがコリンの頭を撫でる。

「でも、僕は本当は臆病で……勇者のふりをしているだけで……」

「こういうことわざがあります」

マルセルが諭すように語る。

暴君の真似と言って、暴君と同じことをすれば、そいつは暴君なのだ。

逆に、名君の真似と言って、名君と同じことをすれば、そいつは名君なのだ。

「内心怯えていようが、コリンは勇者にふさわしいふるまいをしたのだから勇者です」

「口先だけで勇敢なことを言っているよりも余程勇者らしいわ」

「うんうん。そのとおりです」

サーニャとアニエスにもそう言われて、コリンはにこりと微笑んだ。

「でも、コリン、今度からはおしえてね？　心配するし」「わふわふ」

ミナトはコリンの頭を撫で、タロはコリンの顔を舐めた。

「ミナトとタロ様がそれを言いますか？　ミナト、タロ様。そこに座りなさい」

「ん？　アニエスどうしたの？　怖い顔して」「わふ？」

「何の相談もなく、頂上に行きましたね？　許されることだと思っているんですか？」

「おい、ミナト。タロ様。どれだけ心配したと思ってるんだ？」

アニエスとジルベルトは本気で怒っていた。

「ご、ごめん」「ぁぅ……」

「いいか？　なんでも相談が大切なんだ。そもそも――」

ミナトとタロはめちゃくちゃ叱られて、反省して謝ったのだった。


ひとしきり、ミナトとタロが叱られた後、ささやき声が聞こえてきた。

「……もう、よいか？」

「………そろそろミナトたちへのお説教も終わったかと」

レックスの声もする。それはとても耳の良いタロぐらいにしか聞こえない声だった。

「わふ？」

タロが声のした天井の方を見上げると同時に、

「我と我が眷属を助けてくれてありがとう。小さき者よ」

声が響いた。天井近くにある扉が開いて、ふわりと少女が降りてくる。

氷の大精霊モナカに良く似た青白い髪をした美しい華奢な少女だ。

その背後には正装のレックスが付き従っている。

少女が降りてくると、竜たちが一斉に頭を下げた。

「よい。頭を上げよ」

少女はコリンの前まで来ると、膝をついて、その手を取った。

「コボルトの勇者コリン。氷竜王グラキアスが感謝申し上げる」

「お、王様です？」

「我ら氷竜は、使徒ミナト殿と神獣タロ殿。不死鳥ピッピ、スライムフルフル。それに聖女アニエス、ジルベルト、マルセル、ヘクトル、サーニャ、コボルトの勇者コリン、コトラのことをけして忘れない」

「僕は……」

そんなコリンを、グラキアスはぎゅっと抱きしめる。

「誇るがよい。コボルトの勇者。そなたは我と我が眷属の命を救ったのだから」

「……はい」

コリンは涙を流しながら笑った。そんなコリンの顔をタロが舐める。


コリンもコトラも、皆も疲れ果てていたので、その日は軽くご飯を食べてすぐに眠った。

そして起床後、皆、改めて氷竜にもてなされた。

高価な酒や美味しい食事が出されて、宴会だ。

「うまい！　これはいったいどういう？」

「それはですね――」

ジルベルトは氷竜に気になった料理の作り方を聞いている。

コリンも美味しい肉料理を食べて、尻尾を振っていた。

そんな中、ミナトとタロは隣に座るグラキアスに幼竜を見せた。

「グラキアス。この子なんだけど」「ばうばう」

タロは出された焼いた豚肉をバクバク食べながら、グラキアスを見る。

「……聖獣竜の子であるな。ミナトもタロに負けぬよう、食べるが良い」

「ありがと。この子は呪神の導師につかまっていて――」

ミナトは甘いパンを食べながら、幼竜を保護した経緯を話す。

「それで、ミナトはこれを幼竜に飲ませていると」

グラキアスは、ミナトが渡した神級レトル薬の瓶を指でいじりながら言う。

「そうなの。これの水薬のやつを一滴ずつね。一日三回飲ませてる」

「これを我も飲んでもよいか？　ミナト、これも食べるがよい」

ミナトは勧められて、ステーキを食べる。

「おいしい！　もちろんいいよ。滋養強壮の効果があるんだ！」

「ばうばう」

タロも食べながら、効能を説明する。

「ほう。解呪後の弱った体に最適と。それではお言葉に甘えて……」

グラキアスはレトル薬を口に入れて酒で飲み込む。

「お……おお？　おおお？　おおおお？」

「どした？」「わふ～」

「これは凄まじいな！　力があふれてくるぞ」

「ならよかったよー」「ばう〜」

グラキアスは酒を飲むと、幼竜をじっと見る。

「お主。本当に起きておらぬのか？」

「…………」

「ねてるよ？　凄く疲れてるから中々起きないんだって」

「いや、確かに竜は力が大きい分、回復にも時間がかかるのだが……この薬を飲んだのだろう？」

「うん。一滴ずつだけど」

「しかも一日三回であろう？」

「そう」

「ならば、充分回復しているはずだ。それでも起きないならば、精神的な要因であろう」

そう言うと、グラキアスは幼竜にそっと顔を寄せる。

「……もう安心だ。そなたを虐める者はいない」

「…………」

「ミナトとタロは強くて優しい」

「…………」

「世界は美しいぞ。嫌なものばかり見て、世界を見たくなくなる気持ちはわかるが」

「…………」

「ミナトも起きたくなるような何かを言ってやれ」

「うーん」「わふ～」

ミナトとタロは少し考えた。

「外はね、とっても綺麗なんだ。ここは昼間でも空が黒くて、吸い込まれそうで……」

「空気が薄いからな。宙の色が見えるんだ」

「そうなんだって。雪は白くて冷たいけど、とても綺麗なんだよ」

「わふ～」

タロは一緒に遊ぼと幼竜を誘う。

「それにね。美味しいあんパンがあるよ。甘くて柔らかくてすごく美味しいの」

「わふわふ」

タロはクリームパンもあるよとアピールした。

「なんだ、そのあんパンとクリームパンというのは」

「あ、グラキアスも食べて」「わふ」

ミナトはサラキアの鞄からあんパンとクリームパンを取り出した。

「僕も食べよ」「わふ」

そして、ミナトとタロも一緒にあんパンを食べる。

「ふわ～やっぱり美味しい」「わふ～」

「おお、いいな。これは小豆か。甘味の中に旨みとわずかな塩味が感じられる」

「そう、小豆を煮てあんこにしているの。パンも美味しいでしょ？」

「ああ、甘いのだが、バターの香りがいい。あんこの甘さを引きたてておる」

「クリームパンも食べて」

「おお、これもうまいな……。このクリームの滑らかさ。丁寧な仕事だ」

グラキアスは絶賛し、

「うまいうまい」「わふわふ」

ミナトとタロも美味しく食べた。

「………り」

「あ、起きた!?」

「きゅるるるる」

起きた幼竜は、ミナトの持つあんパンに向かって手を伸ばす。

「はい。食べて。少しずつね」

「きゅるるる〜りゃあ〜」

幼竜はあんパンを口にすると、嬉しそうに尻尾を揺らす。

「おはよう！　よろしくね！」

「わふ〜」

「りゃあ〜」

「ん？　もっと食べる？　無理はしないでね」

ミナトはクリームパンも小さくちぎって幼竜の口に入れる。

「ミナト。その子は聖獣の竜だが、まだ赤ん坊だ」

「うん」

「保護するためにも名前をつけてあげてほしい」

「わかった！　なにがいい？」

「りゃありゃあ～」

幼竜はもっともっとと手を伸ばす。

「あんパン気に入ってくれたみたい。あ、名前はあん――」

「ま、待つがよい」

あんパンと名付けようとしたミナトをグラキアスが慌てて止めた。

「ん？　どしたの？」

「まさか、あんパンと名付けようとしたか？」

「そだけど？」

首をかしげるミナトを見て、グラキアスは名付けは任せられないと思った。

「そ、そうだな？　竜っぽい名前を考えたのだが、よいか？」

「いいよ～」

「この子は光の竜であろう？」

「そうなの？　赤いから火の竜じゃないの？」

「いや、光の竜なのだ」

「ほほう？」「わふふ？」

「そこで考えたのだが、古い竜の言葉で光を意味するルクスはどうだろうか？」

「りゃあ～」

幼竜は嬉しそうに尻尾を揺らす。

どうやらルクスという名を気に入ったらしい。

「きゅるるる～りゃあ」

「じゃあ、君の名前は……ルクス！」

「りゃりゃりゃあ～」

ルクスと名付けられた幼竜は、嬉しそうにミナトに顔を押しつけて甘えたのだった。

◇◇◇◇

コリンが導師を倒した時、呪神の使徒は氷竜王が住まう山、その北側の麓にいた。

丈の長いローブを身につけ、フードを深く被っている。

「ん？　死んじゃった？」

呪神の使徒は力を与えた導師が死んだことにすぐに気がついた。

その直後に呪いの空間が壊されたことにも気がついた。

呪いの空間とは氷竜王の下にあった、ミナトが言う嫌な気配のことだ。

呪いの空間は、擬似的な呪神の神殿のようなもの。

空間内では、他の神の力を抑えることができる。

ミナトの解呪や瘴気払いだけでなく能力や、タロの力も抑えられる。

アニエスの治癒魔法や解呪も当然影響を受けていた。

「…………空間を壊したのは神獣かな？　ならもう氷竜王も倒されちゃったかな？」

折角苦労して整えたのに、破られてしまった。

だというのに、呪神の使徒は、機嫌よく、楽しそうに微笑んでいた。

機嫌のいい使徒に、一人の導師が尋ねる。

「あいつを殺したのは神獣ですか？」

「ん？　いや、あいつを倒したのはコボルトだよ？」

「なんと……情けない。コボルト風情にやられるとは、同じ導師として恥ずかしいですな」

導師が嘆くように言う。

「確かに情けないねぇ。だけど、あのコボルトには英雄の素質があったんだよ」

「そんなまさか、コボルトですよ？」

導師はコボルトの勇者の真価を理解していない。

コボルトを弱い種族だと、侮りきっているのだ。

至高神の寵愛を受けた種族が弱いわけがないというのに。

「……あいつに任せたのは失敗だったかね。惜しいことをしたかも」

コボルトの勇者を取り込められれば、大きな戦力になったはずだ。

だというのに、あいつはコリンを呪いの空間を強化する道具だとしか考えていない節があった。

勇者など、他にいくらでも利用できるというのに。

「それにしても……」

コリンが、これほど早く導師を倒せるまでに成長するとは。

呪神の使徒も想定していないことだった。

「ん～……だけど……」

とはいえ、コボルトの勇者はまだ覚醒していないはずだ。

導師も呪いを授けて、強化させている。なぜ、コリンが倒せたのか。

「……至高神の神獣とサラキアの使徒が、成長を促したのかな？　いやだねぇ」

成長の早い幼い子供同士が一緒にいることの相乗効果だろうか。

「使徒様。これからどういたしましょう？」

「……そうだね。呪いの空間を張るのはいい手だったと思うんだ」

最終的に壊されはしたが、効果を発揮していた。

呪いの空間のお陰で、サラキアの使徒も力を十分に発揮できなかったはずだ。

「あいつらは強いからね。直接対峙しても、負けないだろうけど……」

苦戦するのは間違いない。

「罠を張ろっか」

聖獣や精霊を呪えば、ミナトたちは助けに来る。そこに罠を張れば確実に嵌まってくれる。

「より強力な呪いの空間を用意して、罠に嵌めよう」

「ですが、使徒様、氷竜王ですら倒されたのです。いくら罠を張っても……」

「僕がでるよ？」

氷竜王を使って倒せなかったのならば、自分が直接でるしかない。

「おお！　それでは勝ったも同然ですな！」

「そりゃ勝てるさ。同じ使徒とは言え、向こうは子供だからね？」

その時、強風が吹いた。使徒のフードが外れる。

十代の中性的な顔立ちの少年、もしくは少女に見えた。

そして、耳は長く先が尖っている。それは悠久の時を生きるエルフの特徴だ。

「僕が何年生きていると思っているのさ」

使徒はフードを被りなおす。

「勝利は当たり前。揺るぎはしないさ。問題はどのように勝つか、だよね」

使徒がでる以上、ただ殺すのは難しくない。

「サラキアの使徒は、僕の相手にはならないさ。神獣は手強いけど……」

勝てない相手ではない。

「勝つのは難しくない。だけど、支配するのは難しいよね」

サラキアの使徒と至高神の神獣を取り込められれば、世界は面白くなる。

「難しいからこそ、やりがいがあるってものさ」

「はい！」

呪神の導師は、呪いに包まれた世界を思い浮かべて、目を輝かせた。

番外編

神たちとコボルト

ミナトたちがコリンと出会った直後のこと。

「おお、コボルトだ。こんなところにおったのか」

至高神はタロの目を通じて、コリンを見た。

「無事でよかった。本当に無事でよかった……」

「え？　パパ泣いてるの？」

サラキアは少しひいていた。

「泣いてない！」

至高神は目元を手の甲で拭うと、コリンを見て呟く。

「……かわいい。サラキアみなさい！　わしの勇者の卵だぞ」

至高神はコボルトが好きなのだ。

「ふうん？　かわいいわね。ミナトほどじゃないけど」

至高神はサラキアの後半の言葉を聞いていなかった。

「うむ。コボルトは奇跡の種族と言っていい。なんと愛らしいことか」

至高神はコリンを見て上機嫌だが、サラキアは険しい表情でコリンを見つめる。

「ねえ、パパ」

「なんだ？」

「コリン、弱くない？」

「まだ幼いのだから、仕方ないだろう？　潜在能力は高いぞ？」

「まあ、そうなんでしょうけど。でも……」

「なにが言いたい？」

怪訝な表情で、至高神はサラキアを見る。

「嫌な予感がするのよね」

そう、サラキアはぼそっと答えた。


それからしばらく経ち、コリンがこれまでの経緯をミナトに話した。

ミナトたちはコリンに勇者だと告げた者の正体に気づかなかったが、神たちは気づいた。

「……パパ、やっぱり、呪神の奴等にコリンが勇者だってばれてない？」

「ばれてるかもしれぬ。ど、どうしよう」

至高神は少し慌てた。

「そもそも、どうしてあんなに小さい子を勇者にしたの？　パパはどういうつもりなの？」

険しい顔でサラキアが、至高神を問い詰める。

「コリンは素晴らしい素質を持っているのだ。だから勇者として」

「それでも、まだ子供でしょう？　ミナトとタロはものすごく強いけど」

コリンの強さは普通の範囲内だ。弱い勇者の存在を敵に知られたら狙われる。

当たり前の話だ。

「勇者の力を与えたのが早すぎたんじゃないの？」

娘に説教されて、至高神は小さくなった。

「いや、それは、その。元々ミナトとタロをコボルトの村に送るつもりだっただろう？」

「そうね。それで？」

「ミナトとタロはこの世界に慣れながら、コリンとも友達になり、共に成長するという計画で」

ミナトたちと一緒に成長してから、コリンは勇者として覚醒する予定だった。

多少、コリンが弱くても、ミナトとタロが一緒なら大丈夫。

「力を授ける年齢が若ければ若いほど、成長率も高くなるし……」

「まあ、パパの思惑はわかったわ。……つまり想定外ね」

「ああ、想定外だ」

ミナトたちが送られた場所にコボルトたちはいなかった。

最初の過ちが、未だに尾を引いている。

「予定とは大幅にずれてしまっているなぁ」

「……嫌な予感がするんだけど、呪神側にいいようにやられてないかしら？」

「その可能性も考えないとまずいな」

そもそもコボルトたちが移住したのも、呪者に村が襲われたからだ。

コボルトの村が襲われたのも呪神の奴等が計画したのではと疑いたくなる。

もちろん、そんなことはあり得ないはずだ。

「私たちがミナトとタロの足を引っ張るわけにはいかないわ」

ミナトとタロは頑張っているが、神同士の争いでは、呪神に対して後れを取っている。

その可能性を考えて、至高神とサラキアは少し焦った。


そして数日後、ミナトがサラキアの書を開いた。

「パパ！　ミナトがサラキアの書を開いてくれたわ！　今よ！　なにを伝えるの？」

「そ、そうだな。えっと、まず伝えるべきことは……コリンがコボルトの勇者ってことだ！」

「そうね、それを伝えなければ、ミナトも対策をとれないものね！」

サラキアはミナトがサラキアの書を開くタイミングに合わせて書き込んでいく。

自分の神器だからといっても、いつでも好きなように書き込めるわけではない。

ミナトが知りたがっていることに補足する形で書き込むのだ。

「独特の技術がいるわね、これ」

「あと、その預言者が怪しいってことも伝えてくれ！　だが、まだ確定ではないからな？」

「わかっているわ、まかせて！」

至高神たちは預言者を呪神の手の者であると推測しているが、あくまでも推測でしかない。

サラキアの書に確定情報として書き込めば、それはすなわち神託となってしまう。

当然、ミナトたちは疑いもせず、信じ込んでしまうだろう。

万一、間違いだったときに取り返しが付かない。

「えっと、……コリンに勇者だと告げた者は村に瘴気を撒いた者と同一人物である可能性も考えてっと」

確定させずに情報を与えるのは非常に難しい。

サラキアの書に書き込むことは、とても疲れるので、サラキアも必死だ。

「あ、そうだ。ヘクトルにお礼を言わないと。ほこらの前で祈るように書いてくれ」

「ちょっと、もう疲れているんだけど？」

「頼む！　恩知らずだと思われたら困るのだ！」

「……も～。しかたないわね～」

疲れているのにサラキアは頑張ってヘクトルへのメッセージを書き込んだ。

「ほんと、疲れた。本当に。それはもう疲れた」

「苦労をかけるのう、サラキアさんや。わしがもっとしっかりしていたら……」

ここ数日で、至高神は老け込んだように見えた。

「ほんとよ……あっ！」

そのとき、ミナトとタロがあんパンをほこらに供えた。

二つのあんパンが、神界にやってくる。

「おお、これこれ、これがうまいのじゃ」

「パパ？　私、とても疲れたの」

「うん。しっておるぞ？　ありがとうな？」

「お礼は口だけでなく……ね？」

サラキアの目は至高神の持つあんパンに向けられている。

「ま、まさか、サラキア、これをよこせというのか？」

サラキアはにやりと笑う。

「後生じゃ、頼む！　これだけは、勘弁してくれ」

「あー疲れたなー、パパの尻拭いで疲れたなー」

「せ、せめて三分の一で許してくれぬだろうか」

「…………」

「は、はんぶん？」

「仕方ないわねー。半分でゆるしてあげるわ」

至高神はしぶしぶサラキアにあんパンを半分渡すことになった。

「やっぱり美味しいわね！」

サラキアは半分のあんパンをペロリと食べると、残った一個をゆっくり食べる。

「ミナトのあんパンを食べると、疲れが取れる気がするわ」

今回のサラキアの書への書き込みで、一か月は寝込むほど疲れていた。

だが、あんパンを食べたお陰で、一週間ぐらいで全快しそうだった。

「うまい……半分でもうまい」

至高神は半分残ったあんパンを大事に大事に時間をかけて食べたのだ。

あとがき

はじめましての方ははじめまして。一巻から読んでくださった方、いつもありがとうございます。

作者のえぞぎんぎつねと申します。

今回はコボルトの男の子が登場します。二足歩行の犬みたいな、可愛い子です。

性格も犬っぽい感じです。


最後に謝辞を。

イラストレーターの玖珂つかさ先生。一巻に引き続き素晴らしいイラストをありがとうございます。

コボルトの男の子をとても可愛く描いてくださいました。本当にありがとうございます。

ミナトとタロも可愛い！　ありがとうございます！

担当編集さまをはじめ編集部の皆様、営業部等の皆様、ありがとうございます。

本を販売してくれている書店の皆様もありがとうございます。
そして、なにより読者の皆様。ありがとうございます。

えぞぎんぎつね

あとがき

サーニャの全身図です。

エルフのキャラは何度か
描いたことがあるのですが、
必ずひとつの仕事で
一箇所くらいはエルフ耳
を人間耳にしてしまう
という凡ミスを
やらかします。

納品前のチェックで
ギリギリ見つけて
事なきを得ていますが
エルフ好きの風上にも
おけない所業です

だめじゃん。。。

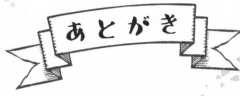

ちっちゃい使徒とでっかい犬は のんびり異世界を旅します ②

発行 ―――――――― 2024年4月17日　初版第1刷発行

著者 ―――――――― えぞぎんぎつね

イラストレーター ―――― 玖珂つかさ

装丁デザイン ――――― ナルティス：稲葉玲美

発行者 ――――――― 幕内和博

編集 ―――――――― 佐藤大祐

発行所 ――――――― 株式会社アース・スター エンターテイメント
〒141-0021　東京都品川区上大崎 3-1-1
目黒セントラルスクエア　7F
TEL：03-5561-7630
FAX：03-5561-7632

印刷・製本 ―――――― 図書印刷株式会社

ISBN 978-4-8030-1941-4